文字學家的殷墟筆記

01 動 物 篇

字字有來頭

ABOUT characters

國際甲骨文權威學者 許進雄

以其畢生之研究 傾囊相授

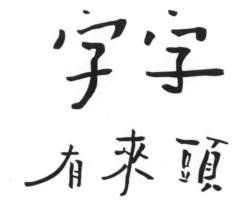

推薦序

這是一部最可信賴的大眾文字學叢書

黃啟方（世新大學終身榮譽教授、前臺灣大學文學院院長、前國語日報社董事長）

文字的發明，是人類歷史上的大事，而中國文字的創造，尤其驚天地而動鬼神。《淮南子》就有「昔蒼頡作書，而天雨粟、鬼夜哭」的記載。現存最古早的中國文字，是用刀刻在龜甲獸骨上的甲骨文。

甲骨文是古代極有價值的文物，卻晚到十九世紀末（西元一八九九年）才發現。編成於西元一七一六年的《康熙字典》，比甲骨文出土時間早了一百八十三年，就已經有五萬多字了。

從東漢許慎把中國文字的創造歸納成「象形，指事，會意，形聲，轉注，假借」六個原則以後，歷代文字學家都據此對文字的字形、字音、字義努力做解釋。但是，由於文字的創造，關涉的問題非常多，許慎的六個原則，恐怕難以周全，所以當甲骨文出土後，歷來學者的解釋也就重新受到檢驗。當然，必須對甲骨文具有專精獨到的研究成就，才具備重新檢驗和重新詮釋的條件，而許進雄教授，就是當今最具有這種能力的學者。

許教授對文字的敏銳感，是他自己在無意中發現的。當他在書店的書架上隨興抽出清代學者王念孫的《廣雅疏證》翻閱時，竟立刻被吸引了，也就這麼一頭栽進了文字研究的天地，那時他正在準備考大學。

一九六〇年秋，他以第一名考進臺灣大學中文系；而當大部分同學都為二年級的必修課「文字學」傷腦筋時，他已經去旁聽高年級的「古文字學」和研究所的「甲骨學」了。

當年臺大中文系在這個領域的教授有李孝定、金祥恆、戴君仁、屈萬里幾位老師，都是一時碩儒，也都對這一位很特別的學生特別注意。許教授的第一篇學位論文《殷卜辭中五種祭祀的研究》，就是根據甲骨文字而研究殷商時代典禮制度的著作。他質疑董作賓教授與日本學者島邦男的理論，並提出殷商王位承傳的新譜系，讓文字學界刮目相看。然後，他又注意到並充分利用甲骨上的鑽鑿形態，完成《甲骨上鑽鑿型態的研究》，更是直接針對甲骨文字形成的基礎作探討，影響深遠，目前已經完全被甲骨學界接受，更經中國安陽博物苑甲骨展覽廳推尊為百年來對甲骨學具有貢獻的二十五名學者之一。

許教授於一九六八年獲得屈萬里老師推薦，獲聘為加拿大多倫多市皇家安大略博物館遠東部研究人員，負責整理該館所收藏的商代甲骨。由於表現突出，很快由研究助理、助理研究員、副研究員升為研究員。在博物館任職的二十幾年期間，親身參與中國文物的收藏與展覽活動，因此具備實際接觸中國古代文物的豐富經驗，這對他在中國文字學、中國古代社會學的專長，不僅有互補的作用，更有加成的效果。

談古文字，絕對不能沒有古代社會與古代文物研究的根柢，許教授治學兼容並蓄，博學而富創見。他透過對古文字字形的精確分析，解釋古文字的原始意義和它的演變，旁徵博引，都是極具啟發且有所依據的創見。許教授曾舉例說明：「介紹大汶口的象牙梳子時，就借用甲骨文的姬字談髮飾與貴族身分的關係；談到東周的蓮瓣蓋青銅酒壺時，就談蓋子的濾酒特殊設計；借金代觀世音菩薩彩繪木雕，介紹觀世音菩薩傳說和信仰。……」他在解釋「微」字時，藉由「微」字字形，從商代甲骨文、兩周金文、秦代小篆到現代楷書的變化，重新解釋許慎《說文解字》「微，眇也，隱行也」的意涵，而提出出人意表的說法：「微字原本意思應是『打殺眼瞎或病體微弱的老人』。古代喪俗。」而這種喪俗，直到近世仍存在於日本，有名的〈楢山節考〉就是探討這個習俗的日本電影。許教授的論述，充分顯現他在甲骨文字和古代社會史課題上的精闢與獨到。讀他的書，除了讚嘆，還是讚嘆！

許教授不論在大學授課或在網站發表文章，都極受歡迎。他曾應好友楊惠南教授鼓吹，在網路開闢「殷墟書卷」部落格，以「殷墟劍客」為筆名，隨興或依據網友要求，講解了一百三十三個字的原始創意與字形字義的演變，內容既廣泛，又寫得輕鬆有趣，獲得熱烈回響。

《字字有來頭》則是許教授最特別的著作，一則這部叢書事先經過有系統的設計，分為動物篇、戰爭與刑罰篇、日常生活篇、器物製作篇，讓讀者分門別類、有系統的認識古文字與古代生活的關係；再則這是國內首部跨文字學、人類學、社會學研究的大眾文字學叢書；三則作者是備受國內外推崇的文字學家，專論著作等身，卻能從學術殿堂走向讀者大眾，寫得特別淺顯有趣。這套叢書，內容經過嚴謹的學術研究、考證，而能雅俗共賞，必然能夠使中國文字的趣味面，被重新認識。許教授的學術造詣和成就，值得所有讀者信賴！

自序

字的演變，有跡可循：淺談中國文字的融通性與共時性

自加拿大皇家安大略博物館退休後，返臺在大學中文系授課，其實已是半退休狀態，本以為從此可以吃喝玩樂，不必有什麼壓力了，不想好友黃啟方教授推薦我為《青春共和國》雜誌，每個月寫一篇專欄，介紹漢字的創意，對象是青少年學生。本來以為可以輕鬆應付，不料寫了幾篇以後，馮社長又建議我編寫同性質的一系列大眾文字學叢書，分門別類介紹古文字以及相關的社會背景。我曾經出版過《中國古代社會》，也是分章別類，探討古代中國社會的一些現象，兼介紹相關的古文字，可以以它為基礎，增補新材料，重新組合，大概可以符合期待，所以也就答應了。現在第一本已完成，就借用這個機會來談中國文字的融通性與共時性，做為閱讀這本書的前導。

※本書所列古文字字形，序列均自左而右。

中國從很早的時候就有文字，開始是以竹簡為一般的書寫工具。但因為竹簡在地下難於長久保存，被發現時都腐蝕潰爛，所以目前所能見到的資料，都是屬於不易腐爛的質材，例如刻在晚商龜甲或肩胛骨上的甲骨文，以及少量燒鑄於青銅器上的銘文。由於甲骨文字的數量佔絕對多數，所以大家也以甲骨文泛稱商代的文字。商代甲骨文的重要性在於其時代早而數量又多，是探索漢字創意不可或缺的材料。同時，因為它們是商王室的占卜紀錄，包含很多商王個人以及治理國家時所面對的諸多問題，是關係商代最高政治決策的第一手珍貴歷史資料。

商代時期的甲骨文，字形的結構還著重於意念的表達，不拘泥於圖畫的繁簡、筆畫的多寡，或部位的安置等細節，所以字形的異體很多，如捕魚的漁字，甲骨文有水中游魚❶，釣線捕魚❷，撒網捕魚❸等多種的創意。又如生育的毓（育）字，甲骨文不但有兩個不同創意的

❶

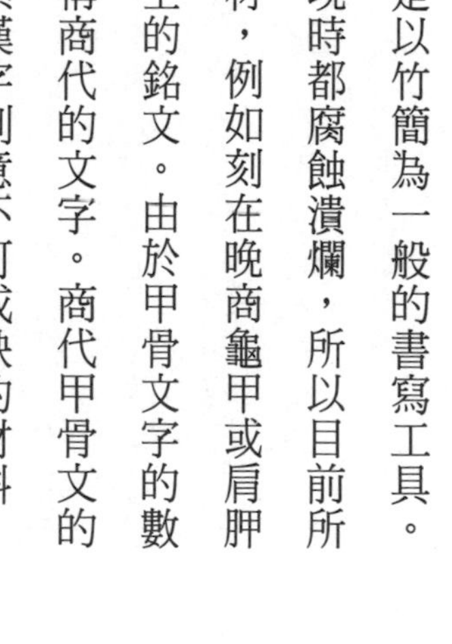

❷

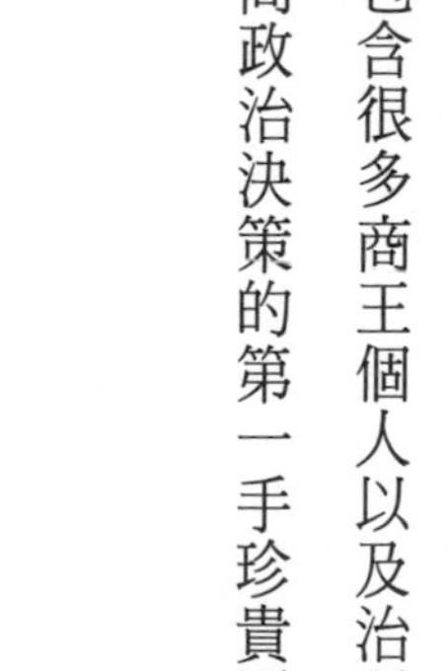

❸

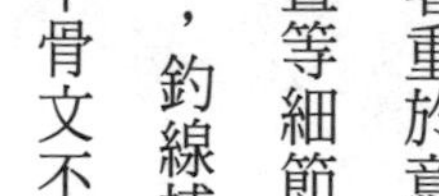

結構，一形是一位婦女產下帶有血水的嬰兒的情狀❹，一形是嬰兒已產出於子宮外的樣子。前一形的母親還有頭上插骨笄或不插骨笄的區別，甚至簡省至像是代表男性的人形，更有將生產者省去的，還有又添加一手拿著衣物以包裹新生嬰兒的情狀。至於嬰兒滑出子宮之外的字形，也有兩種位置上的變化。儘管毓（育）字有這麼多的變化，一旦了解到毓字的創意，也就同時對這些異體字有所認識。

又由於甲骨卜辭絕大部分是用刀契刻的，筆畫受刀勢操作的影響，圓形的筆畫往往被契刻成四角或多角的形狀，不若銅器上的銘文有很多圖畫的趣味性。如魚字，早期金文的字形就比甲骨文的字形逼真得多❺。商代時期的甲骨文字，由於是商王兩百多年間的占卜紀錄，使用的時機和地點是在限定範圍內，有專責的機構，所以每一個時期的書體特徵也比較容易把握，已建立起很嚴謹的斷代標準，不難

❹

❺

確定每一片卜辭的年代。這一點對於字形演化趨向，以及制度、習俗的演變等種種問題的探索，都非常方便而有益。

各個民族的語言一直都在慢慢變化著，使用拼音系統的文字，經常因為要反映語言的變化，而改變其拼寫方式，使得一種語言的古今不同階段，看起來好像是完全沒有關係的異質語文。音讀的變化不但表現在個別的詞彙上，有時也會改變語法的結構，使得同一種語言系統的各種方言，有時會差異得完全不能交流；沒有經過特殊訓練，根本無法讀得懂一百年前的文字。但是中國的漢字，儘管字與辭彙的音讀和外形也都起了相當的變化，卻不難讀懂幾千年以前的文獻，這就是漢字的特點之一。這種特性給予有志於探索古代中國文化者很大的方便。

西洋社會所以會走上拼音的途徑，應該是受到其語言性質的影響。西洋的語言屬於多音節的系統，用幾個簡單音節的組合就容易造出各個不同意義的辭彙。音節既多，可能的組合自然也就多樣，也就容易使用多變化的音節以表達精確的語意而不會產生誤會，這就是它們的優勢與方便之處。然而中國的語言，偏重於單音節，嘴巴所能發聲的音節是有限的，如果大量使用單音節的音標去表達意義，就不免經常遇到意義混淆的問題，所以自然發展成了今日表意的型式而沒有走上拼音的道路。

由於漢字不是用音標表達意義，所以字的形體變化不與語言的演變發生直接關係。譬如大字，先秦時侯讀若 dar，唐宋時候讀如 dai，而今日讀成 da。又如木字，先秦時候讀若 mewk，唐宋時候讀如 muk，今日則讀為 mu。至於字形，譬如昔日的昔，甲骨文有各種字形❻，表達大水為患的日子已經過去了；因為商代後期控制水患的技術已有所改善，水災已不是主要的災害了，所以用以表達過去的時態。

❻

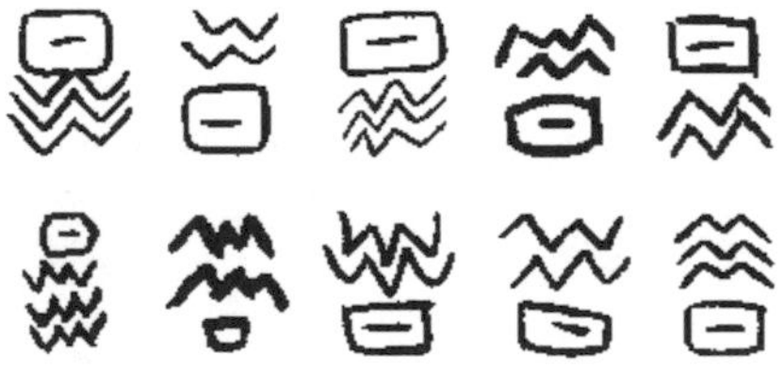

其後的周代金文，字形還有多種形象❼。秦代文字統一，小篆成固定的字形。漢代後更進一步改變筆勢成隸書、楷書等而成現在的昔字。幾千年來，漢字雖然已由圖畫般的象形文字演變成現在非常抽象化的結構，但是我們還是可以看到字形的演變是有跡可循的，稍加訓練就可以辨識了。

融通性與共時性，是漢字最大特色。一個漢字既包含了幾千年來字形的種種變化，也同時包含了幾千年來不同時代、不同地域的種種語音的內涵。只要稍加學習，我們不但可以通讀商代以來的三千多年文獻，還可以不管一個字在唐代怎麼念，也讀得懂他們所寫的詩文。同樣的，不同地區的方言雖不能夠相互交談，卻因其時代的文字形象是一致的，可以通過書寫的方式相互溝通。中國的疆域那麼廣大，地域又常為山川所隔絕，包含的種族也相當複雜，卻能夠融合成一個有共識、可辨識的團體，這種特殊的語文特性應該就是其重要因素。漢

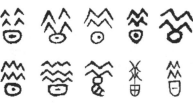

❼

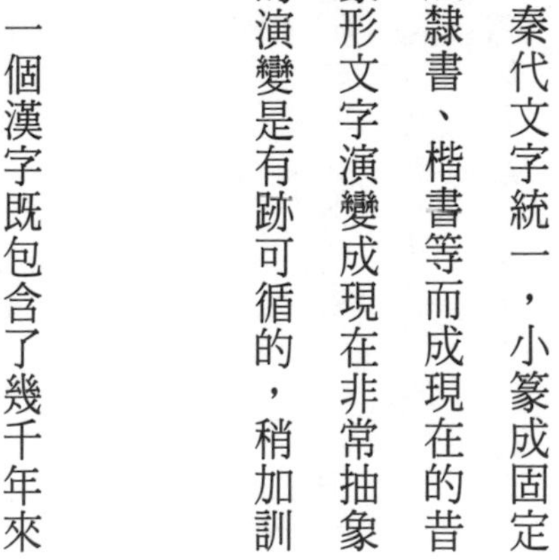

字看似非常繁複，不容易學習，其實它的創造有一定的規律，可以觸類旁通，有一貫的邏輯性，不必死記。尤其漢字的結構千變萬化，筆畫姿態優雅美麗，風格獨特，以致形成了評價很高的特有書法藝術，這些都不是拼音文字系統的文化所可比擬的。

世界各古老文明的表意文字，都可以讓我們了解那個時代的社會面貌。因為這些文字的圖畫性很重，不但告訴我們那時存在的動植物、使用的器物，也往往可以讓我們窺見創造文字時的構想，以及借以表達意義的事物信息。在追溯一個字的演變過程時，有時也可以看出一些古代器物的使用情況、風俗習慣、重要社會制度、價值觀念或工藝演進等等跡象。西洋的早期文字，因偏重以音節表達語言，以意象表達的字少，因而可用來探索古代社會動態的資料也少。中國由於語言的主體是單音節，為了避免同音詞之間的混淆，就想盡辦法通過圖象表達抽象的概念，多利用生活經驗和聯想來創造文字，因此，我們一旦了解一個字的創意，也就某種程度了解創字當時的社會背景與生活的經驗了。

目次

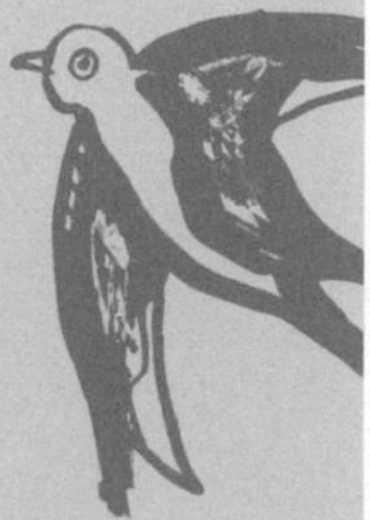

3 一般動物 鳥類與其他／097

4 家畜 五畜與其他／145

1

野生動物

打獵的對象

靈長類動物現在吃的食物主要是蔬果類，由此看來，早期人類應該也不例外。檢驗南猿人遺留的牙齒，得知距今約五百五十萬年前，猿人就已經開始食用動物的肉；距今約兩百萬年前，已食用相當數量的肉類。在中國，捕捉和吃食動物的年代，可能提早到一百七十萬年以前的雲南元謀猿人時期。

人類腦力進步到可以把立體形象，以平面的方式表達出來時，在山丘的岩壁上描繪的形象，大都是野生大型動物，因為那是人類最關心的食物來源。那些圖象可能是表達該種野獸出沒的地點，以便下次再來捕獵；也可能是藉以向天神祈願，這種動物多量繁殖，好讓人們更方便捕捉。

人類本來廣泛撲殺動物以供應肉食。後來農業提供比較穩定的食物來源，狩獵就逐漸失去重要性，狩獵的對象也慢慢縮小到一些具有特定經濟價值的動物，而肉食的供應就完全依賴畜牧業了。不過，為了種種原因，例如保護農作物不受動物踐踏啄食，或將獵獲物用於古老的傳統祭祀，還有練習軍隊陣隊的進退包抄，或純粹為了遊戲等種種原因，某些族群的狩獵活動，一直持續到很晚期的時代。

在商代，狩獵是商王占卜的重要內容，常與軍事活動同時舉行，顯示狩獵還附帶有軍事目的。不論是對付野獸或是與敵人戰鬥，技巧都有相通之處，既可以捕獲獵物做為祭祀的牲品或廚房的食材，也可以練習行軍布陣的變化，還可以娛樂身心，紓解工作壓力。所以商代狩獵的占卜，幾乎與祭祀的卜問等量。以下介紹幾種見於卜辭，表達野生鳥獸種類的字。

鹿 ㄌㄨˋ lù

鹿是商王獵獲最多的動物群。鹿喜歡有水草的地方，繁殖快速。由於鹿是最為接近人類生活環境的野生動物，而且對人類不具致命的攻擊力，所以鹿是人們最喜歡捕獵且最容易捕捉到的野獸。

甲骨文中，鹿字❶出現得非常頻繁。雖然鹿字的字形形象多樣化，很容易看出這些都是描寫頭上生長一對犄角的偶蹄動物形。但由於字是平面的、側面的描繪，四隻腳被畫成了兩隻腳。這是所有表現動物字的通例。仔細看，還把懸空的腳趾特徵也表達出來。其他屬於鹿類的捕獵物，以及不生犄角的、，眼睛有特別花紋的等字，它們後來大致都被形聲字所取代，不能確實知道等於後代的哪些

❶

字，所表達的確實品種也就無法考證了。

兩周時代已少見到畋獵的記載，鹿字只剩幾個字形❷，有些已不是畫得很逼真。《說文》：「，鹿獸也。象頭角、四足之形。鳥、鹿足相比，从（從）比。凡鹿之屬皆从鹿。」鹿字的小篆的字形，已不那麼圖象化了。《說文》把鹿字的四腳和鳥類的腳相比，實在沒有必要。兩者是很不一樣的。

❷

麗 ㄌㄧˋ lì

甲骨文的麗字，把一隻鹿頭上的一對犄角放大，而且畫得非常仔細。美麗與否是一種抽象的概念，沒有形體可以呈現。美麗意義的創造，應該來自於這一對鹿角被認為是非常美麗的，所以被借來表達美麗的意義。東周時代的楚國，常在墓葬中隨葬人面形神像的頭上插有鹿角，或插有似鹿角形象的鹿形木雕。可以想見，鹿的一對犄角，普遍被認為是美麗的東西，才會被借用來表達美麗、華麗之類的意義。

兩周的金文，麗字只留下幾個字形❶。東漢的字典《說文解字》錄了三個字形❷，第二個是古文，第三個是小篆。小篆的字形太過簡

❶

❷

省，只畫出鹿的兩隻角，很難看出是表達什麼樣的事物，所以不被後代所採用，現在只使用第一個完整的字形。

安裝鹿角的漆繪木鎮墓獸，
高 96 公分，東周，楚，
約西元前 500-300 年。

漆繪梅花鹿木雕，
高 77 公分，戰國早期，
湖北隨州曾侯乙墓出土，
西元前五至四世紀。

安裝鹿角的漆繪龍雲紋木鎮墓獸，
高（未計鹿角）17.5 公分，戰國，
西元前 403-221 年。

虎 ㄏㄨˇ hǔ

甲骨文的虎字❶，因為被提到的例子很多，各書自己所見，所以字形非常多樣化。前四形（）最為寫實，是一隻軀體修長、張口咆哮、兩耳豎起的動物象形，很容易看出是一隻老虎的形象。第五到第七形，是其次變化的階段，身軀簡化了，保留頭上的耳朵特徵。第八形，是為了書寫的筆順，就把耳朵移到鼻子前端。兩周的金文，就是基於這個字形演變來的❷。甲骨文虎字的最簡單字形，不但把耳朵省略了，連身軀和腳都只剩一條線了。《說文》：「，山獸之君。从虍、从儿。虎足象人足也。凡虎之屬皆从虎。，古文虎。，亦古文虎。」小篆的字形來自金文，最上的分叉是老虎的耳朵，中間的部分是張開嘴巴的頭部，最下部分是身軀與腳。

❶

老虎的頭部最具有特徵，不會與其他的字形混淆，於是常被做為老虎形象的代表，或做為聲符使用，所以也自成一字。《說文》：「虍，虎文也，象形。凡虍之屬皆从虍。讀若春秋傳曰：虍有餘。」

虎是貓科最大的動物。不計尾巴，身長也可達兩公尺，重達兩百公斤以上。虎是很能適應氣候變化的動物，所以分布地區很廣，應是古代中國常見的動物。但是，因為老虎活動的地區逐漸被人們開發成為耕地，使牠們失去原本生活的天地，所以老虎在中國境內現在也幾乎完全絕跡了。不過，虎在野生動物中，仍是人們非常熟悉的，常見於裝飾圖案的題材。

所有野獸中，捕獵老虎最具危險性。古時候，若非靠挖設陷阱、使用塗抹毒藥的箭頭，想用青銅武器獵獲老虎，非常困難。古代獵人若能捕捉到老虎，是一件足以誇耀個人勇力的事。下頁左圖的文物，

❷

是一段成年老虎的前膊骨，正面雕刻很繁複的花紋，骨橋上的花紋是一隻老虎，其上重疊兩層饕餮紋，以及簡略的龍紋和蟬紋。背面有「辛酉，王田于雞麓，獲大烈虎，在十月，唯王三祀劦日。」的銘文。這一段虎骨的兩面，背面的花紋和正面的刻辭，都嵌鑲了貴重的綠松石。銘文說明商王主政的第三年，在舉行協日的祭祀季節，十月辛酉這一天，在雞麓捕獲到一隻大的烈虎。這是商朝最後的帝紂王，特地請工匠取下老虎前膊骨，雕琢花紋與銘文，展示他捕獵到的老虎做成了裝飾品。

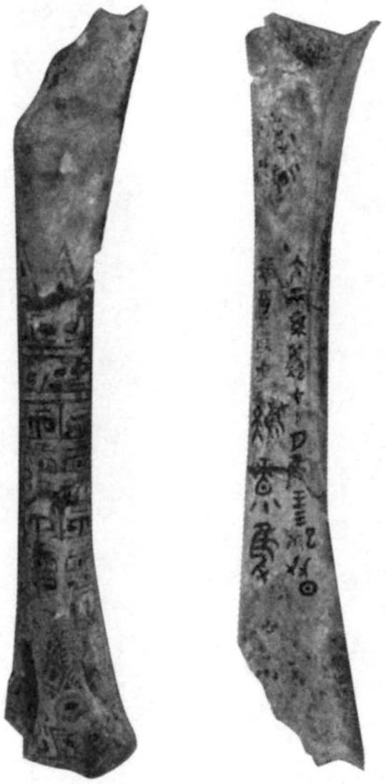

虣 ㄅㄠˋ

bào

（暴）

一般人很難獨自捕獵到成年老虎，只有擁有徒眾的貴族才有辦法做到。甲骨文的虣字，以一把戈，面對著一隻老虎，表達想使用兵戈去搏鬥老虎，是一種沒有理智的粗暴行為，安全的方法是使用遠射或設陷阱，所以創造這個字表達「粗暴」的意思。金文作，結構一樣，以戈與虎組合。到了小篆的時代，把戈字類化為武字而成為虣字。《說文新附》：「，虐也，急也。从虎从武。」這個字的筆畫比較多，就借用筆畫較少的暴字去表達，例如「暴虎馮河」的意思是不攜帶浮水物渡河，或以武器搏鬥老虎，都是不理智的魯莽行為。所以從衣虣聲，金文意義是刺繡的衣領，後來就寫成從衣暴聲的。

戲 ㄒㄧˋ xì

金文的戲字❶，由老虎的頭部，戈以及凳子三個單位組成，意思是一個人拿著兵戈在表演刺殺高踞於凳子上的老虎的遊戲。《說文》：「，三軍之偏也。一曰兵也。从戈，䖒聲。」把這個字解釋為從戈的形聲字。可是遊戲和兵戈並沒有直接關係，許慎知道如果戲是個形聲字，就得要與兵戈有直接關係，所以他說戲字也有一個兵器的意義。不過，這是無從證明的。但是他說和三軍有關，倒是說對了。

西周中期的《⿱敄皿簋（ㄍㄨㄟˇ）》有任命某人為「輔戲」的官職，並且賞賜豐富。古代的人稱皇帝為陛下，因為皇帝高高坐在廳堂上，臣屬則在臺

❶
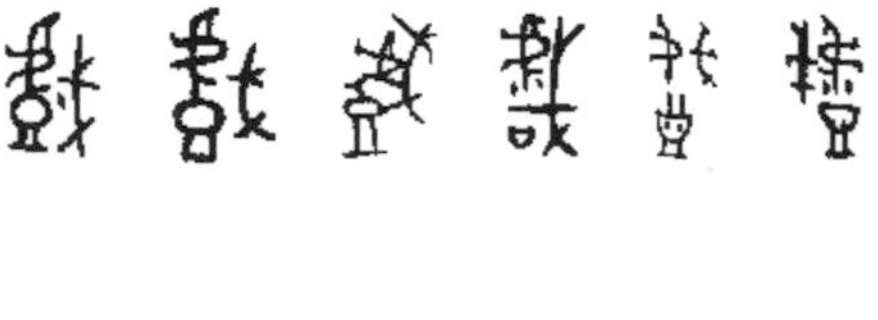

階之下聽命。「戲下」則是軍隊駐紮所在的某個重要設施的名稱。《史記・項羽本紀》、《史記・高帝本紀》都有「諸侯罷戲下，各就國」的記載。《漢書・竇田灌韓傳》則說「灌夫率壯士兩人，及從奴十餘騎，馳入吳軍。至戲下，所殺傷數十人。」顏師古註解：「戲，軍之旌旗也。」或「戲，大將之麾也。」看起來，應該是軍營之中有個司令臺，是發號施令的地方，設有指揮的大旗，聽令的兵將們都在臺下，所以才有「戲下」的用語。演戲與下軍令，共同特點是都在高臺上進行。《鼇簋》的輔戲官職是（在高臺上）下達命令的師長的副手。如果戲字的創意與戲劇無關，就不好解釋為何戲有遊戲、戲弄等與演戲有關的意義了。從「戲」字可以推論，西周時代已有商業性劇團在高臺上表演節目了。

老虎對於人類具有威脅生命的危險，又那麼難於捕捉到，使用兵戈去搏鬥老虎，被認為是一種不理智的危險行為，如果有人想誇示他的膽力以及勇氣，在上古時代恐怕沒有比跟老虎搏鬥更刺激的場面了。所以，扮演搏鬥老虎的故事劇，甚至真的與老虎搏鬥，就成了古代極具號召力的娛樂節目。漢代張衡的〈西京賦〉，敘述東海黃公年輕的時候以表演徒手搏鬥老虎為職業，年老了卻不知自己身體已經衰弱，有一次帶刀上山捕捉老虎，反被老虎吃了。人們將這故事編成有科白、化裝、舞蹈的逗笑戲劇表演。也有記載來自越南占城的表演者，「開圈弄虎，手探口中，略無所損。」（「打開牢籠的門進去戲弄老虎，用手在老虎的口中摸索，一點也沒有受到損傷。」）

虢 ㄍㄨㄛˊ guó

商周時代不但有械鬥老虎的表演，還有比之更為驚險的徒手搏鬥老虎的節目。甲骨文的虢字，就是兩手與一隻老虎扭鬥的情狀。這無疑是更為刺激，更能吸引觀眾，表現英雄威風的節目。虢是個地名，金文常見❶，但是虢字的兩隻手的位置起了變化。文字的演變趨勢是往方正、平衡的方向演進，本來是緊捉著老虎頭部的兩隻手，被移置在老虎的左邊，而其中的一隻手又訛變成攴(ㄆㄨ)，所以就看不出原有的創意了。

《說文》：「，虎所攫畫明文也。从虎，寽(ㄌㄩˋ)。」許慎解說此字的意義是老虎利爪所抓出的明顯痕跡。這是因為許慎沒有看到甲骨文

❶

的字形，而依據訛變後的字形強加解說。好在有甲骨字形存在，否則後人便會錯失原字的創意。也許虢地在商代是以戲虎節目見長的地方。

西漢空心磚上的戲虎圖。

象 ㄒㄧㄤˋ xiàng

象生活於茂密叢林或熱帶樹林稀少的草原環境，是現今陸地上體形最龐大的動物。甲骨文的象字❶，清楚描畫一種有長而彎曲鼻子的動物，是個象形字。由地下的發掘可以證實，象群曾經長期在中國境內好幾個地方生息過。浙江餘姚河姆渡的一個六千多年前遺址，出土象的頭骨和有雙鳥朝陽的象牙雕刻。河南安陽的商代遺址也出土過象骨，也有鑄造和琢磨得栩栩如生的寫實銅、玉象形的器物。四川省廣漢三星堆更發現有整隻象牙成打的儲藏。這些都說明了象在華北廣大地區棲息過，人們有充分的時間觀察牠的生態，做正確的描寫。金文的族徽符號，描畫更確實，不可能辨識不出是象獸的形象。金文

❶

象字的一般字形，有的已很難辨識。《說文》：「，南越大獸。象耳、牙、四足、尾之形。凡象之屬皆从象。」小篆的字形反而比金文容易看得出一隻象獸的形象。

為 ㄨㄟˊ wéi

甲骨文的為字❶，前三個字形明顯是一隻手牽著象的鼻子，有所作為的樣子。後面三個字形就有點走樣了。到了金文的時代，字形更進一步訛變❷，已經很難看得出原先以手牽象的創意了。《說文》：「，母猴也。其為禽好爪。下腹為母猴形。王育曰：『爪，象形也。』，古文，為象兩母猴相對形。」小篆還保留一些手牽象的形象，至於所舉的古文字形，就完全破壞字形，以致於被解說為像母猴或兩隻母猴相對的形象。

為字的創意，大概來自於大象被馴服以搬運樹木、石頭一類重物的工作。《帝王世紀》記載帝舜死亡以後，群象受到帝舜生前偉大人格

❶
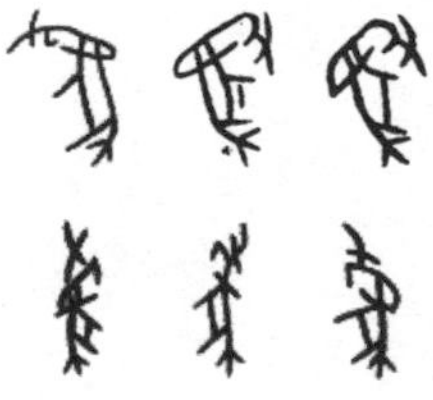

❷

的感化，自動前來在他的墓地周圍耕田的傳說。西周銅器《匡簠(ㄈㄨˇ)》有作象樂、象舞的銘文，都說明古人知道馴服大象的技術。非洲象體重可達七千五百公斤，肩高三、四公尺。印度象雖然體格較小，重量也達五千公斤，肩高二、三公尺。象的性格溫順，但人們初次見到如此龐大的身軀，對於接近牠一定有很大的警戒心，很久以後才有馴化大象的想法。

現在泰國或印度，仍會以大象搬運笨重的木材。古代中國，除了讓象從事這類勞役之外，還利用象的龐大身軀參加戰爭。《呂氏春秋・古樂》說商人馴服象群對東夷的國家施暴。《左傳》則具體記載楚昭王在西元前五〇六年，火燒大象尾巴，激怒象群往前衝，而踐踏吳軍營地，取得戰果。在大象大量繁殖的印度，常見乘坐在象背上作戰的繪畫。

象終生都會生長的象牙，很受人類珍惜。非洲的大象牙有兩公尺長，四十五公斤重。象牙質地滑潤細緻，紋理規則，用刀雕刻時不會崩壞，可以雕刻成比玉器、骨器更為精巧的藝術品。《韓非子．喻老》記載：「宋人有為其君以象為楮葉者，三年而成，豐殺莖柯，毫芒繁澤，亂之楮葉之中而不可別也。」（「一個宋國的工匠，用象牙為國君雕刻楮樹葉子的形象，雕刻三年才成功。雕刻出來的楮樹葉，起伏高低的枝莖與分脈的花紋，不管是繁複的鋒芒細節或是圓潤的感覺，都維肖維妙，把它混雜在真實的楮樹葉子中，也不能夠分別得出來。」）這段引文，可以反映出象牙雕刻所能達到的細緻程度。

象牙原有本身造型的限制，但是巧匠能夠利用酸液加以軟化以及應用套合的方式，將象牙製成大型而複雜的工藝品。《晉書》提到象牙細簟，是把象牙切絲，泡酸軟化，然後加以編綴而成的蓆子。下頁圖片的象牙提籃，也同樣是表現高度技術的成品。

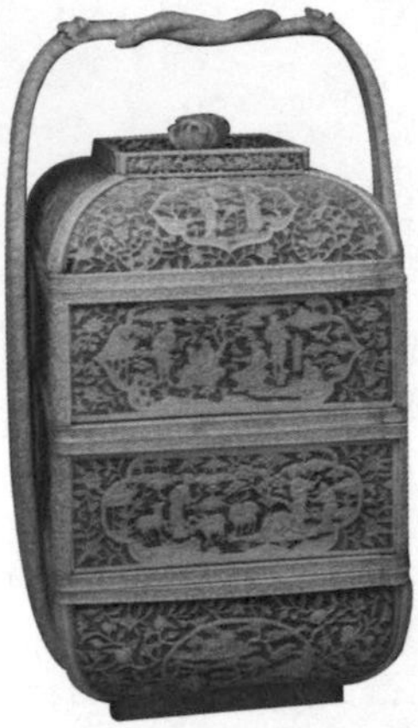

多層象牙提籃。高 29.5 公分，
清代，西元十八世紀。

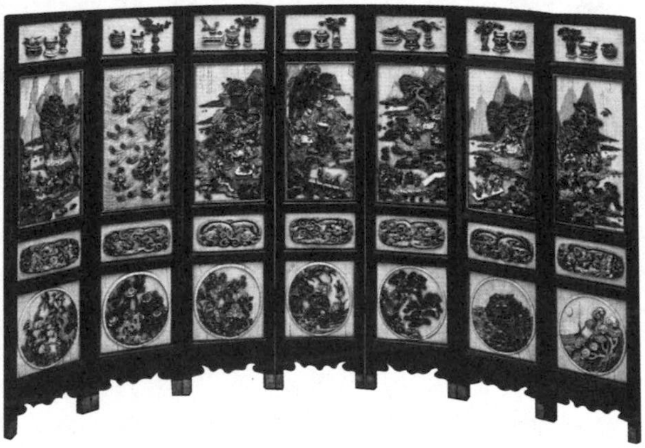

木架象牙屏風 。
高 60.3 公分，清代，
西元十八世紀。

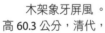

象的食量很大，每天消耗的草料超過兩百公斤。商代的農業已頗為發達，很多山林已被開闢為農田，人們沒有足夠的草料大量飼養這種龐然大獸。而且象至少要二十歲以後，才能從事稍微複雜的工作，效率遠低於牛、馬等家畜。或許因為飼養象的經濟效果不佳，所以只有少量的象，做為帝王的玩物。例如《匡篚》提到的象樂、象舞，以及東漢成帝時，林邑王貢獻會做拜跪動作的馴象。

春秋時代的江南，還有少量大象存在，所以楚王才能夠將象群用於戰場上。周代以後，因為氣候變遷而轉冷，象於是被迫南遷，尋找更為適宜的環境。因本身生存條件及各種人為因素，更加速了中國境內象群的滅絕。東漢許慎《說文解字》說象是南越的大獸，這個說法證明漢代除了有限的茂密森林之外，連江南都少見象群活動，大象已瀕臨絕跡的地步了。

青銅象尊。高 22.8 公分，
長 26.5 公分，重 2.57 公斤，
湖南醴陵出土，商晚期，
西元前十三至前十一世紀。

鳥紋象尊，高 24 公分，長 38 公分，
西周中晚期，西元前十一至八世紀。
形狀已和實物有很大的距離。
大概當時人已不容易見到實際的象了。

兕ㄙˋ、犀ㄒㄧ

sì　xī

甲骨文有一個字❶，字形是頭上有一隻大獨角的動物。這種動物在商代還是常常見到的捕獵物，擒捕的地點有好多處。捕捉的方法包括挖設陷阱、用箭射殺、追逐、縱火驅趕等。甲骨文曾經有過捕獲四十隻兕的記載，十隻以上的也有數次。兕顯然是一種在商代還大量存在的野生動物。大部分學者認為這些字就是後來的兕字。《說文》：「，如野牛青色，其皮堅厚可制鎧。象形。頭與禽离頭同。凡兕之屬皆从兕。，古文从ㄙ儿。」一經比較，大致都可以看得出來，這三個字形是前後演變的過程。可能周代的時候兕獸已經罕見，不見提及此字，只見一個從牛尾聲的形聲字犀。《說文》：「，南徼外牛。一角在鼻，一角在頂，似豕。从牛，尾聲。」一角在鼻和一角在

❶

頂，是兕或犀的共同和獨特的形象，它是象形字被形聲字所取代的普遍現象。

犀牛是生活於濕熱環境的動物，現今主要分布在非洲中、南部，中南半島，南洋群島，印度大陸等地區，都屬於較溫熱的地帶。中國境內，可能除了雲南、廣西交界，其他地方犀牛已經絕跡。但是在距今七千到三千年前的一段期間，氣溫要較今日溫暖，犀牛有可能在中國很多地區生息繁殖。浙江餘姚河姆渡、河南淅川下王崗等六千多年前的遺址，都發現了犀牛的遺骨，說明中國那時候有犀牛生存。

有學者以為，以現在所知道的商代青銅武器，好像很難對皮堅甲厚的犀牛造成致命性的打擊，所以認為甲骨文的兕字是指稱一種已經滅絕的水牛，後來才被用來指稱犀牛的種屬。其實，捕獵犀牛並不一定要用足以致命的武器，挖設陷阱就能捕捉，這也是古代各民族常用來狩獵大型動物的方法。而且犀牛的胸前、腹下部位並不如其他部位堅韌，商代的弓箭已足以有效的射傷犀牛，何況還可以使用毒箭頭。非洲土著捕獵犀牛的武器也很簡陋，但已使犀牛瀕臨於滅絕的境地。

從遺留的器物看，商代所指稱的兕，大概是鼻端及額頭各有一角的一種野獸。戰國時代以前，犀牛還是中國人熟悉的動物，所以以犀牛賦形的銅器相當逼真傳神。但是漢代以後，大概因為已難得見到真正犀牛的形像，只能依據書本的描述來造形，形象就大有出入。

商人捕捉犀牛，最重要的目的應該是為了取得犀牛的堅韌表皮，犀牛皮是那個時代縫製鎧甲最理想的材料。西漢普遍使用鐵甲後，兕甲才被鐵甲所取代；在西漢以前，犀牛甲是兵士常見的裝備。《楚辭·國殤》吟唱「操吳戈兮披犀甲」，可見犀甲在當時是最理想的戰鬥裝備。從吳國穿犀甲兵士之多，可以想見古人濫捕犀牛的程度。所以犀牛在中國滅絕，除了氣候變冷、草原被開闢成為農田而失去食料來源以外，最主要的原因，應該是人們為了獲得堅韌的犀牛皮來製作盔甲而濫捕。

犀牛除了有堅韌的皮革外，還有一樣被人們視為珍寶的東西，就是牠的角。犀角含有碳酸鈣、磷酸鈣、酪氨酸等成分，具有清熱、解毒、止血、定驚的功效。起碼漢代人們已經了解這些療效。《神農本草經》把犀角列入中品，是一種可以久服而兼為治病的藥材。

因為品種關係，犀角的色澤、大小、外形各有不同，有些尖而細，有些則粗而短，但都具有圓錐形而根部有自然的凹陷，可借用原有的凹陷來製作容器。《詩經》的篇章，如〈卷耳〉：「我姑酌彼兕觥(ㄍㄨㄥ)，維以不永傷。」〈七月〉：「躋彼公堂，稱彼兕觥，萬壽無疆。」〈絲衣〉：「兕觥其觩(ㄑㄧㄡ)，旨酒思柔。」已言明以犀牛角製作飲酒用的杯子。

但不知那個時代是否已經看上了犀角的醫療效果，或只是因為材料貴重而已。

漢代既然知道犀角的療效，用犀角製作杯子，應當是希望同時飲用到溶於酒中的藥性，延年益壽。到了西元四世紀，煉丹家以犀牛角與水銀、丹砂、硫磺、麝香等藥物混合，製作小還丹，以為有成仙不老的效果。

犀牛在漢代已比大象更為罕見，以致於犀角的效用被人們神化，甚至以為有避塵、避寒、避水等種種不可思議的妙用。《漢書・郊祀志》還記載王莽時，以犀牛角和鶴髓、玳瑁等二十餘種物質，煮了以後浸泡穀物的種子，希望吃成熟以後的穀粒以達到成仙長壽的效果。

青銅犀牛尊。高 34.4 公分，
長 57.8 公分，陝西興平出土，
西漢，西元前 206- 西元 25 年。

青銅犀牛尊，高 24.5 公分，內底有 27 字銘文，
記載商王征伐人方。或許是得自人方的戰利品。
商後期帝辛時代，西元前 12 至 11 世紀。

蓮花形犀角杯，高 10.5 公分，
口徑 19.5 公分，明代，
西元 1368-1643 年。

廌、解廌（獬豸）

ㄓˋ zhì

ㄒㄧㄝˋ ㄓˋ xiè zhì

ㄒㄧㄝˋ ㄓˋ

甲骨文有一個字❶，是一隻有一對平行長角的動物側面的形象。從字形看，應該是廌（ㄓˋ）字。金文少見這個字。《說文》對於廌的解釋是「，解廌獸也。似牛一角。古者決訟，令觸不直者。象形。从豸省。凡廌之屬皆从廌。」說廌獸是古代生存過的動物，有神奇的能力，可以幫助判案，分辨有無犯罪的人。像是描述一種神話中的想像動物。真相如何，首先就要了解幾個以廌字構成或組合的文字。

❶

薦 ㄐㄧㄢˋ jiàn

金文薦字❶，是一隻廌獸藏身在草叢中。《說文》解釋：「，獸之所食艸也。从廌、艸。古者，神人以廌遺（贈送）黃帝，帝曰：『何時？何處？』曰：『食薦。夏處水澤，冬處松柏。』」（「吃薦草。夏天住在水澤的地區，冬天住在有松柏的樹林。」）薦的意義是草料編織的薦子，這是以廌所吃的草料是編織薦子的好材料來表意。

❶

灋 ㄈㄚˇ fǎ

（法）

這是金文經常見到的字❶，以廌、水和去三個構件組成。《說文》的解釋是「灋，刑也。平之如水，從水。廌所以觸不直者去之，從廌去。，今文省。，古文。」古代傳說，廌會用牠的角去觸碰有罪的人，把廌牽到嫌疑者旁，如果廌用角去觸碰他，就表示這個人有罪，所以廌獸成為法律的象徵。負責判案的衙門也就圖繪廌的形象，而官服上表示等級的圖案也以廌為圖案。

❶

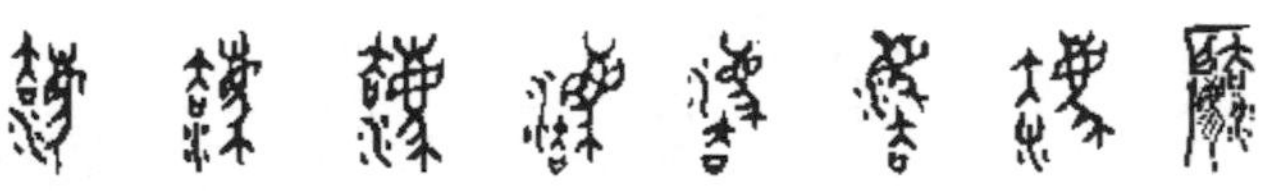

慶 ㄑㄧㄥˋ qing

甲骨文的慶字是廌與心的組合，可以推測這個字的創意，大半來自於廌的心臟被認為是具有藥用或美味的食物，所以有得到了就足以慶祝的意思。慶是金文常常見到的字❶，基本上還可以看出是廌與心的組合，其中有兩個字形寫成以鹿構形。有可能廌獸的行跡已經在中國消失，所以《說文》：「，行賀人也。从心、夊，从鹿省。吉禮以鹿皮為摯，故从鹿省。」許慎也認為慶字和鹿字有關。古代中國提親時，男方要贈送鹿皮給女方做為禮物。結婚是喜慶的事，所以《說文》以為慶字的創意由此而來。甲骨與金文慶字明明是以廌與心構形，很難想像慶字的慶賀意義來自藥物與美食以外的關聯。

❶

羈 ㄐㄧ

jī

甲骨文的羈字❶，是廌的雙角被繩子所綑綁住的樣子。這個字在商代的卜辭用為驛站的設施，有二羈、三羈、五羈等等，大概是從首都安陽起站，每隔相當的距離設一個驛站，用途是快速傳遞訊息。羈字的創意，大概是這類驛站裡做為官府拉車或坐騎的廌獸，使用繩索捆綁住雙角做記號，才不會與百姓的廌獸有所混淆，並有要大家加以愛護的意思。後代的驛站改用馬匹做為傳輸工具，所以《說文》：「，馬落頭也。从网、䩭。䩭，絆也。，䩭或从革。」以馬替代廌。可能因為在頭上套以繩索的字形，難於在小篆的結構表現出來，所以使用網子套住或綑住馬腳的方式表達。只不過，馬腳如果被綑綁住了，還能夠跑得動嗎？這個新創的羈字並不理想。

❶

透過以上幾個字的考察，中國古代確定有過廌這類動物。但為什麼後代說不出來廌到底是個什麼樣的動物呢？商代卜辭說明這種動物的毛色是黃色。二十世紀北越在密林裡發現如下圖，一種從未知曉，形像鹿而膚色為黃的大型野獸，命名的讀音像似「沙拉」。應該就是中國古代的廌。廌後來或寫做解廌、解豸、獬（ㄒㄧㄝˋ）廌、獬豸。這可能是古時有一字讀雙音的例子。商代以後氣溫轉冷，廌就往南遷移，終於在中國境內完全絕跡，而變成為一種傳說中的神獸。

生態與氣候息息相關。不同的氣候，

廌獸的寫生圖。

不同的環境，以及相關變遷，都會導致或改變不同的生態及生活方式。進行文化研究時，孕育文化的氣候背景也是不可忽視的。

綜合各種資訊研究得知，過去的一萬年間，地球年平均溫度起伏曾經有過攝氏七度之多，對於人們活動、植物的成長，都有很大影響。

約在距今九千到一萬年間，年平均溫度比現在低約攝氏五度。此後氣溫一直升高，於距今七千到三千年間，是最溫暖的溫度。其間在四千二百年前稍為降低，而三千六百年前回升。其時年平均溫度要比現在高約攝氏二度，尤其一月份的平均溫，則可能比今日高攝氏三到五度之多。個別地區的差異還要大些。此後氣溫大幅下降，在低於現今平均溫度一到二度之間波動。

西元一千七百年是近期氣溫最低點，然後又逐漸升高到今日的溫度。

象、犀牛、鷹等動物在中國失去蹤跡，就是南移避寒去了。

2

野生動物

四靈

中國自周代以來，就有宇宙是由水、火、木、金、土等五種物質所構成的概念。這是一種對自然界粗淺的觀察，並沒有什麼特別新奇之處。但當時又有另一種陰陽學說，以為宇宙的變化是由於陰與陽兩種動力的相互消長所導致。到了戰國時代晚期，這兩種學說被結合起來，認為宇宙依照陰陽和五種元素的消長，做有規律性的變化與運行。人們愈來愈相信五行的理論，尤其漢代達到最高潮，以五行與顏色、方向、季節、時辰、地理、器用、數目、音律、教令等各種事物加以配合、附會，使得整個社會都浸泡在迷信的風氣裡。

五行所配合的幾種神靈動物，成為中國常常見到的圖案（下頁左圖）。這些動物有多種不同的組合方式。最終成為定型的一組是：木與東方、春季、青色、鱗蟲的龍相配。火與南方、夏季、赤色、羽鳥的鳳相配。金與西方、秋季、白色、毛獸的虎相配。水與北方、冬季、黑色、介甲的龜與蛇的合體相配。土與中央、夏秋之際、黃色、裸身的人類相配。人類是所有動物中最高貴的，處於主宰的中央地位，高高在上，所以不在象徵的四個圖案之內。

漢代瓦當上的四靈圖樣。
（1 龍 2 虎 3 鳳 4 玄武）

龍 ㄌㄨㄥˊ lóng

甲骨文的龍字❶，是一隻頭上有角冠，上頷長，下頷短而又下彎，張口露牙，身子蜷曲而與嘴巴不同方向的動物形象。金文的龍字❷，還保留一個整體的形式。《說文》：「，鱗蟲之長。能幽能明，能細能巨，能短能長。春分而登天，秋分而潛淵。从肉。，肉飛之形。童省聲。凡龍之屬皆从龍。」則已把身子從頭部分離，離開實際形象更遠了，而且還把龍的角冠說成是童字的省聲。

中國文字為了適合窄長的竹簡，常將動物的身子轉向，使得龍的四足懸空，好像是一種可以直立而飛翔的動物形象。其實這些字應該都要橫著來看。龍字描寫的是一隻短腳的爬蟲動物形象。從流傳的文

❶

❷

物圖案來看，龍的早期形象比較寫實，後來為了誇張龍的神奇，就選擇了九種不同動物的特徵加以修飾；角像鹿，頭像駝，眼像鬼，項像蛇，腹像蜃，鱗像魚，爪像鷹，掌像虎，耳像牛，就真正成為不存在的神物了。

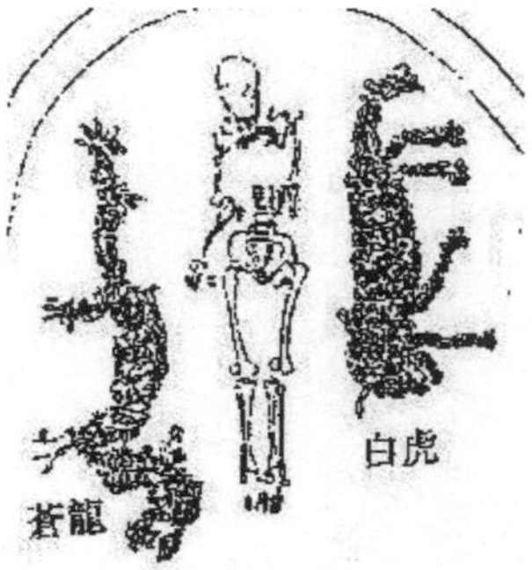

河南舞陽墓葬，屍體旁有用貝殼排成龍與虎的圖案。

龍是古代的圖騰，商代卜辭有名為龍的方國，很可能就是以龍為圖騰的國家名號。半開化部族所尊崇的圖騰，常被認為是該民族降生的祖先，絕大多數的圖騰都是取自於自然界中實際存在的事物。西周早期的《周易》，把龍描寫成能潛藏於深淵，飛躍於天空，爭鬥於地面，流出的血是玄黃顏色的動物。《左傳》記載西元前五二三年，鄭國遭受大水時，有龍相互爭鬥於城門外的洧淵之中。人民請求使用祭祀的方式加以遣送，宰相子產不接受這個建議，認為深淵本是龍的住家，不必勞動人們加以驅趕。

《左傳》還於魯昭公二十九年記載魏獻子與蔡墨有關龍見於郊野的問答，「昔有飂叔安，有裔子曰董父，實甚好龍，能求其耆以飲食之。龍多歸之，乃擾畜龍以服事舜，帝賜之姓曰董，氏曰豢龍。……及有夏孔甲，擾于有帝，帝賜之乘龍，河漢各二，各有雌雄。孔甲不能食，而未獲豢龍氏。有陶唐氏既衰，其後有劉累，學擾龍于豢龍氏，以事孔甲，能飲食之，夏后嘉之，賜氏曰御龍，以更豕韋之後。龍一雌死，潛醢以食夏后。夏后饗之，既而使求之，懼而遷于魯縣。」（「董父能以龍喜愛的方法飼養龍，為帝舜馴養龍，帝舜賞賜給他豢龍的名號。後來劉累向豢龍氏學習飼養龍的技術而服務於夏王孔甲的朝廷，夏王賞賜給他御龍的名號。有一隻雌龍死了，劉累把龍做成料理給夏王吃。夏王吃了後又要求再吃。劉累害怕，就搬到魯縣去了。」）從這些描寫及古器物遺留下來的花紋圖形，可以推測，龍原來是一種兩棲類爬蟲動物的總稱，體型有大有小，能棲息於陸地及水中，有些還能跳躍甚高，像是能夠飛翔於天空的樣子。

爬蟲種類很多，大小懸殊，習性也各有不同。黃河及漢水各有不同種屬的龍的描述，由此看來，也許人們把不同形狀以及種屬的爬蟲化石都當做龍來看待，因而產生龍能夠變化自己的形狀大小的傳說。《說文解字》解釋龍，「鱗蟲之長，能幽能明，能細能巨，能短能長，春分而登天，秋分而潛淵。」很可能是基於偶然發現的古脊椎動物的化石而得到的聯想。

唐代《感應經》有如下的描寫：「按山阜崗岫，能興雲雨者皆有龍骨。或深或淺，多在土中。齒角尾足，宛然皆具。大者數十丈，或盈十圍。小者才一二尺，或三四寸，體皆具焉。嘗因採取見之。」我們拿來對照自然歷史博物館裡的展示，就會了解所稱的或大或小的龍，其實就是各種脊椎動物的化石。古人見到化石大小懸殊，所以就產生了龍能變化體格的見解。濮陽墳墓裡的龍圖案就是這一類動物的具體形象。

至於認為龍能夠飛翔於天空，能夠降下雨來，可能就和棲息於長江兩岸的揚子鱷魚的生活習性有關。龍的形相特徵，臉部粗糙不平，嘴巴扁長，而且有銳利的牙齒。在中國地區，除鱷魚之外，沒有其他種類的動物有這些特徵。揚子鱷魚除了沒有角以外，身軀、面容都酷似龍的描寫。揚子鱷可能就是龍形象取材的根源。揚子鱷有秋天隱匿、春天甦醒的冬眠習慣，往往在雷雨之前從冬眠中甦醒。古人經常見到揚子鱷與雷雨同時出現，雨自天而下，因此就想像龍能夠飛翔、降雨。

人們認為龍有招致降雨的神力，起碼可以追溯到商代。有甲骨卜辭「其作龍于凡田，有雨？」（合集 29990），卜問是否建造土龍以祈雨的儀式。西漢的董仲舒在《春秋繁露》中，詳載建造土龍以祈雨時，如何依五行學說的原則，在不同的季節，建造不同數量、不同大小的土龍，面對不同的方向，並以不同的顏色、不同的人數去舞蹈。

這種傳統延續到近代，農民還會向海龍王求雨。中國古代是農業社會，水的供應與農作物收成好壞有密切的關係，所以龍受到如此特別的尊敬。不過，商代對於龍能夠控制降雨的信念，還沒有完全建立，把龍神奇化的概念大概才剛萌芽，所以商代很少向龍祈雨。那時最常見的祈雨方式，是向山川神靈供奉樂舞以及焚燒巫師。

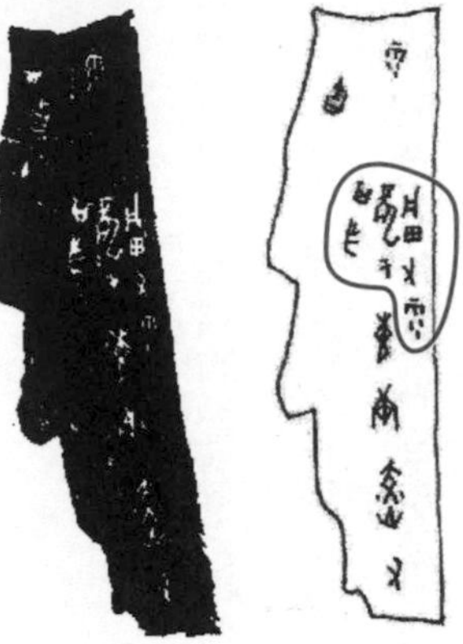

合集 29990，在紅圈處有「其乍（作）龍于凡田，有雨？」的刻辭，問是否建造（土）龍於凡田以祈雨。

龍後來還成為皇家的象徵。這很可能與漢高祖劉邦的出生傳說有關。漢代《史記．高祖本紀》有兩則記述劉邦與龍有關的記載：「劉媼嘗息大澤之陂（ㄆㄛ），夢與神遇。是時雷電晦冥，大公往視，則見蛟龍其上，已而有身，遂產高祖。」（「劉邦的父親見到自己的太太在睡覺，上頭有蛟龍出現，因而懷孕而產下劉邦。」）「為泗水亭長，廷中吏無不狎侮，好酒及色。常從王媼、武負貰（ㄕˋ）酒，醉臥，武負、王媼見其上常有龍，怪之。」（「劉邦常在酒家醉臥，賣酒的老婦人常看到劉邦的身上有龍顯現，感到奇怪。」）

漢高祖出身於普通人家，有必要把他神化，編造故事說明一個平凡的人接受了天命而登上帝王位的合理性。不清楚的是，到底是因為龍是高貴者的象徵，才據以編造這個故事呢？或因為偶然選擇了龍以編造故事，才使得龍成為皇族的象徵？

熯 ㄏㄢˋ hàn

甲骨文有一個熯字，不同的時期有不同的寫法。早期是一個人兩手相交按著肚子，或也張口呼叫的樣子❶，有時還有火焰❷在此人的下面焚燒的樣子❸。後來人的字形稍有變化，作兩腳交叉在火上的樣子❹，或省略而作兩腳不交叉的樣子❺。金文所留下來的字形都屬於較繁複的字形❻。《說文》：「熯，乾皃（貌）。从火，漢省聲。詩曰：我孔熯矣。」因為字形上有左右並列的結構習慣，所以小篆把火移到旁邊熯，卻違反了燒烤巫人的創意重點，因而不容易看出原有的創意，也被誤會為形聲字。

如果乾旱不下雨，植物生長就不理想，農作物不容易豐收。熯這

❶

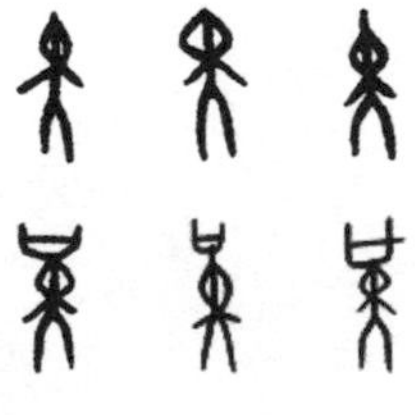

❷

❸

個字的創意，大概是因荒年而肚子餓，用手壓擠肚子而向上天叫嚷，要求賞賜食物。商代這個字有饑饉以及乾旱兩層意義。占卜時，被燒烤者的名字經常被提及，說明這個人的地位重要，不是微不足道的奴隸或罪犯。他們很可能就是有能力交通鬼神的巫師。

燒烤巫師以祈求降雨的信念，到春秋時代還很普及。例如《禮記．檀弓》記載，「歲旱，穆公召縣于而問然。曰：『天久不雨。吾欲暴尪而奚若？』曰：『天久不雨而暴人之疾子，虐毋乃不可與。』『然則吾欲暴巫而奚若？』曰：『天則不雨而望之，愚婦人於以求之，毋乃已疏乎！』」（這一年乾旱，穆公召見縣于來請教應付不下雨的對策。穆公問：「天空很久沒有下雨了。我想使用燒烤跛腳的男巫師的方式以求雨，會有成效嗎？」回答說：「天空久不下雨而竟然想要焚燒跛腳的男巫，這不是太過暴虐而不適宜去施行的事嗎？」穆公又問：「那麼我想焚燒女巫師，會有成效嗎？」縣于回答說：「天空已

④

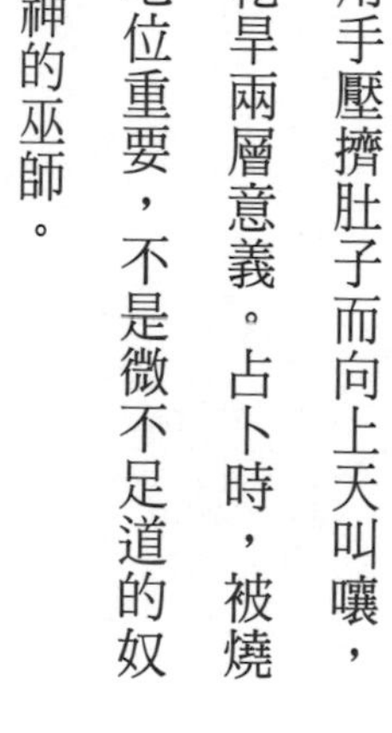

⑤

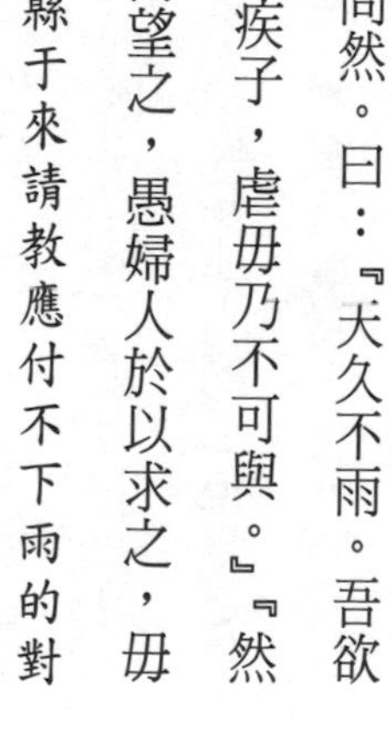

經不下雨了，還要想效法愚蠢的婦女巫師來祈求下雨，這不是太過疏陋的事嗎？」）穆公想焚燒男巫以挽救乾旱的窘境，得不到答應。接著又問如果焚燒女巫如何，也沒有得到縣子的同意。

焚巫以求雨的方式，可能是基於天真的想法，希望上天不忍心讓他的代理人巫師受到烈火燒焚的苦楚，從而降雨以解除巫者的困厄。人受到焚燒可能致死，不到最後的關頭是不會輕易使用的。但是這種殘忍的習俗到東漢時還殘存。《後漢書．獨行》記述戴封擔任西華令的時候，因為久不下雨，就堆積薪柴而自己坐在薪柴上自焚，結果火一燃起，天就降下大雨，後來還被升遷為中山侯國的相。

❻

舞 ㄨˇ

wǔ

商代最常使用的祈雨方式是跳舞。甲骨文的舞字❶，是一個人雙手拿著牛尾一類的道具在跳舞的樣子。我們來分解一下這個字，首先是這個字形，它表現一個正面站立的大人形。最上部分是人的頭部，其下分開的兩道斜畫是兩隻手，最下兩畫是站立的兩腳。這個圖形單獨使用時是大字。大是一種抽象的概念，是兩者相比之下的情況。沒有東西永遠是最大的，還可以找到更大的事物。小的也有更小的東西。

在我們的日常生活中，大小是經常要表達的概念，有必要創造表達這些概念的文字。如何表現呢？古人想到大人的形體比小孩子大得

❶

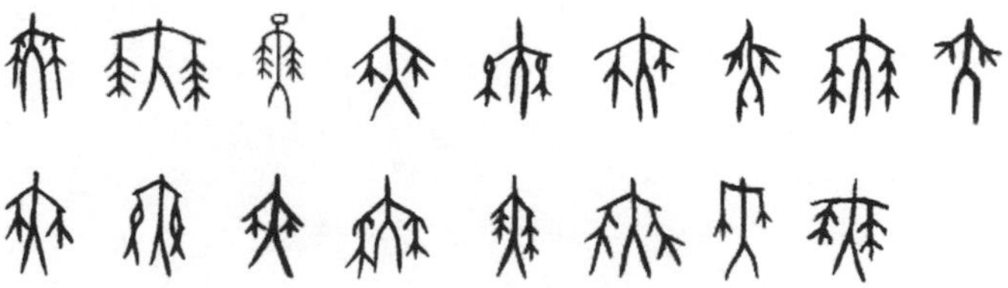

多，於是就以大人正立的形象表達「大」這個抽象的概念。在別的文化裡，可能就選擇別的樣子了。大字在使用時就不限於人的形體，可以表達任何大的個體與量多的情況，例如：大象、大西瓜、大雨，大水、大胖子等等。

通過大字，知道舞字表現大人在跳舞的樣子。兩手的部分還可以理解是拿着舞具。舞具的作用，是讓舞者跳起舞來舞姿好看，舞容多變化。舞具本可有種種變化，但是做為文字，需要有一定的固定性以及獨異性，才不會被錯認為其他的字。《呂氏春秋．古樂》有記述，「昔葛天氏之樂，三人操牛尾，投足，以歌八闋。」（「古代葛天氏的樂曲演奏，三個人手拿著牛的尾巴，腳踏步伐，同時歌唱八闋的樂章。」）也許這是古代跳舞最常見的景象，所以手操牛尾就被取來做為跳舞的形象。

動物的尾巴常有長毛，以長線條表現，直線兩旁的多道短畫就代表毛的部分了。不同動物的尾毛有多有少，不管畫一道、兩道、三道、或四道，都是實況，也不會與其他的字混淆，所以無所謂要寫成一致的數量。創作及書寫文字時，不會起混淆，是必要的考量。

兩周時代的金文❷，字形開始起了很大的變化，尤其是表現舞具的部分。舞字在甲骨卜辭都用為跳舞的本義，但是金文此字卻絕大多數被借用為有無的無字，大概是為了與本義的跳舞作區別，就在本來的字形加上一對腳趾，使跳舞的動作更為顯明。《說文》：「舞，樂也。用足相背。从舛，無聲。𦏶，古文舞。」後來有無的無字，就在本來的舞字形加上一個意符「亡」而成為今日簡寫後的無字。如果沒有早期的字形，想從後代的舞字或無字看出它原始的創意，就很難了。

甲骨卜辭裏提到舞字非常多次，我們也有興趣知道商代為了什麼

❷

目的跳舞，跳給誰看。甲骨卜辭是商王為了處理國家的事務而向神靈請教的占卜紀錄，是很慎重的事情。商代以前，因為沒有流傳下來的文字記載，所以商代的紀錄就更為重要。

甲骨卜辭提到舞時，十有九次都提到了雨。其祭祀的對象也都是商朝的人相信可以幫助降雨的神靈。因此舞字就經常是舞者的頭上加有雨點，表明其特別的功能。

鳳 ㄈㄥˋ fèng

甲骨文的鳳字❶，是某一種類的鳥的詳細描繪。這種鳥的頭上有羽冠，長長的羽毛尾巴，有時尾巴上還有特殊的花紋。鳳經常與龍成雙配對出現，分別代表皇后與皇帝，或象徵女性與男性，是婚禮中所不可或缺的裝飾圖像。這個美術題材常見的鳳，原先應也是實在生存的鳥類，後來也被塑造成是由九種不同動物的特徵湊合而成，就成為純粹想像的神物了。

《說文解字》的解釋，「，神鳥也。天老曰：『鳳之象也，鴻前、鹿後、蛇頸、魚尾、龍文、龜背、燕頷、雞喙，五色備舉。出於東方君子之國，翱翔四海之外，過崑崙，飲砥柱，濯羽弱水，莫宿風

❶

穴。見則天下大安寧。』(『鳳鳥的形象為，前身為鴻鳥，後身為鹿，蛇的頸子，魚的尾巴，龍的花紋，龜的背甲，燕鳥的下巴，雞的嘴巴，五種彩色都齊備了。生產於東方君子的國家，展翅飛翔超過四海的範圍，經過崑崙山，就在砥柱飲水，在弱水沐浴清洗羽毛，夜晚住宿於風穴。出現的時候天下就非常的安寧。』)從鳥凡聲。，古文鳳，象形。鳳飛，群鳥從以萬數。，亦古文鳳。」鳳鳥身上五彩齊備，非常美麗。九是單位數中最大的數，龍與鳳是最高貴的一對，所以都要湊合九種的物類合成。

從甲骨文的字形看，鳳字很可能是依據孔雀或其他形似的大型鳥類來描繪的。中國地域現今雖不產孔雀一類屬於熱帶地方的鳥，但三千年以前的氣候比現在溫暖得多，也許在某些地區可以看到這種鳥類。龍有控制雨的神力，雖出於人們的誤會，其神力散見於各種文獻及傳說的記載，但鳳與風的關係卻不見於早期的記載。想見鳳鳥被用來代表風的意義，只是因為音讀的借用。鳳之被用為風的意義，既然不是因為鳳鳥有招致風的神力，就更可能是真正存在的生物了。也許後來附加太多的神話色彩，反而迷失了鳳鳥的本相。

風 ㄈㄥ fēng

鳳字在商代卜辭絕大多數不做為鳥類，而是假借為風雨的風字。後來為了區別本義的鳳鳥與假借義的風雨，就在鳳的象形字上加上一個凡❶或兄的聲符，而成為表達風意義的形聲字。這個從鳳凡聲的字形到了周代，反而變成鳳鳥的意義。

《說文》的鳳字有三個字形，古文字形的很可能是甲骨文鳳字形的訛變，還可以看得出是一隻有很多長尾羽毛的鳥形狀。有可能是因為已不太像鳳形，所以加上鳥字以為意符。因為從凡聲的字已成為鳳鳥的意義，所以要為風雨的風創造一個字。《說文》：「，八風也。東方曰明庶風，東南曰清明風，南方曰景風，西南曰涼風，

❶

西方曰閶闔風，西北曰不周風，北方曰廣莫風，東北曰融風。从虫凡聲。風動蟲生，故蟲八日而化。（「風，是八種風的總名。東方稱為明庶風，東南方稱為清明風，南方稱為景風，西南方稱為涼風，西方稱為閶闔風，西北方稱為不周風，北方稱為廣莫風，東北稱為融風。從虫，凡聲。風一颳起，蟲就出生，所以蟲經過八天的孵化而化生。」）凡風之屬皆从風。，古文風。」一形從虫凡聲，一為古文字形的從日凡聲。本來風雨的風字以日作為意符比較合理，可能由於字形的結構不清楚，現在只通行從虫凡聲的小篆風字形。

因為甲骨文的風字有從凡與從兄的兩種標音，有學者就以為在商代之前的中國文字有可能有一個字讀兩個以上複音節的現象。筆者曾經研究，漢族傳說中的伏羲和女媧，原來就是來自臺灣高山族的創始祖先，piru karu 和他的妹妹。根據周法高《漢字古今音彙》的擬音，伏羲的先秦讀音約是 bjwak xiab，與高山族故事的主角 piru karu 的第一個音組的p同屬於唇音，x則與第二個音組的k同屬於喉音。而且伏羲在中國有姓風的記載，甲骨風字的兩個標音，凡與兄，也正好一為唇音，一為喉音。還有，一些雙音節的詞彙，如解豸、倉庚、忍冬、蜈蚣等等，都有可能是古代多音節語言的孑遺。

前面介紹過的廌字，在甲骨文是個單體的象形字，漢代以來，廌常被稱為解廌、解豸、獬豸等等的複音詞，有可能也是商代（或更早）廌字是讀兩個音節的證據。又如甲骨文的彔字❷，作汲水的轆轤形，假借為山麓，而後世以轆轤稱之，也是兩個音節。又如郭字的字形，也是單體的象形字，作一座城牆的四面有看樓的形象。在金文裡這個字用做郭與墉兩個音讀不同的字。郭屬於魚陽韻，讀若kwak。墉屬於屋東韻，讀若riewng。也可能分別來自的第一音節與第二音節。

❷
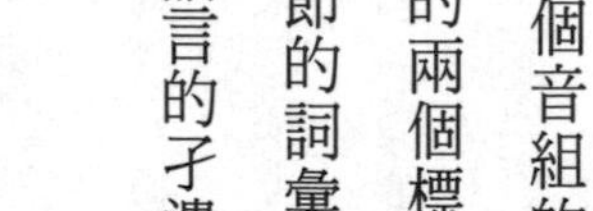

埃及有一幅西元前十六世紀的壁畫石刻，描寫東方的港口正在上貨，其上有多處的聖書體銘文。在船上方的文字，說明所載的貨物是各式各樣的奇珍與香料。其中有桂木一項，根據註解，桂木是個象意字，意義為磨成粉末的樹木。又加了一個標音 khesyt 的樹。中國的文字也有相同的做法，先是象形或表意字，後來為了方便音讀就加上一個聲符而成為形聲字的形態。

例如耕田的耤(ㄐㄧˊ)❸，是一個人推著一把犁在耕地的樣子，後來的金文就加上一個昔的聲符❹，現在減形成為耤。所以埃及銘文上桂木的讀音是 khesyt。桂木的植物學名是 Cinnamomun cassia auct. family Lauraceae。在西元前十六世紀時，爪哇人控制其貨源，他們以丁香交換中國的桂皮，然後銷售到西方的非洲及西亞。植物學名的桂木 cassia 來自北阿薩姆 Assam 語的 khasi。這應該是來自原產地，中國廣西的語言。爪哇人所販賣桂皮的原產地是今日中國的兩廣地區，古代稱為

❸

❹

桂。桂字的廣韻切音是古惠切，擬訂的上古音是 kwev。只有一個音節。但 Khasi 有 ks 兩個音節，表示原產地的語言，桂木的原先名稱應該有兩個或更多的音節。因此中國桂的上古音的韻尾 v 可能是第二個音節的遺留。

虎 ㄏㄨˇ

hǔ

四靈代表的動物，第三個是虎。老虎的毛色最常見的是黃色，但是在五行的學說中，卻把老虎的毛色說成是白的，這或許是有意的安排，而忽略了老虎自然的毛色。把白色的老虎當作靈異的象徵，大概來自「白虎性仁而不害」的觀念。虎的平均壽命才十一歲，且白虎太過於罕見，所以又附會而說老虎五百歲時毛色才變白。當君王不暴虐，動植物都感受到君王的仁德時，白虎才會出現。

如果不採用神怪的解釋，或可以說，白虎因為年齡已經老了，不能夠獵殺其他弱小的野獸，只撿取現成的食物而已，所以不殺生。其實老虎通常避開健壯的大型獸類，只有在餓壞了，或被激怒的情況下，才不擇對象加以攻擊。《易經．履》卦有：「履虎尾，不咥（ㄉㄧㄝˊ）人，亨。」（「老虎甚至連尾巴被踐踏了，也不發怒咬人，是吉祥的徵兆。」）而且老虎喜歡在夜間捕食，對於社區的人群並不構成什麼災難。大概老虎在肚子被餵飽時也不會咬人。還有另一種說法，扶南國的君王畜養活生生的老虎，遇有爭訟事件，難以判決誰是誰非的時候，就把人送進虎籠中，如果不被老虎侵犯的話，就表示此人是有道理的一方，所以人們就把老虎當做神靈看待。

古人認為一切事物都有精靈寄託。威力越大的東西，魔力就越高。還認為如果與某樣東西有了關係，就會感染該東西的影響力，因此食用或穿戴這些東西，希望獲得它的靈力。

後世的人對這種原始的信仰雖然已經淡薄，但是多少還有些遺留。所以武士們喜歡以虎頭或虎皮來裝飾作戰的服裝，希望藉老虎的魔力去威嚇敵人或他們的馬匹。除了希望有避邪的功用之外，也附帶有向同伴炫耀其裝備的可能性。

人們大概覺得凶猛的老虎有足夠的力量保護幼兒，不會受妖邪的氣氛侵害，或是希望男兒成長得像老虎那樣勇猛，就把男孩的帽子縫製成老虎的樣子。甲骨文的冒字，就是描繪一頂老虎帽的形象。所以老虎也就被視為幼兒的保護神了。甚至成年人也使用虎形的枕頭睡覺，希望有避邪作用。

龜 ㄍㄨㄟ guī

代表北方的是身上有甲殼保護的動物。開始時以龜為象徵，戰國晚期又加上一條纏繞於龜身的蛇，合稱為玄武。在野生動物群中，水陸兩棲類的烏龜，是幾千年來人們最熟悉的動物。甲骨文的龜字❶，很清楚是描繪一隻烏龜的側面形象。從金文的龜字寫做等形來看，這些甲骨文字有可能也是龜的另一種字形❷，做出俯視的樣子。

《說文》：「，舊也。外骨內肉者也。从它。龜頭與它（蛇）頭同。天地之性，廣肩無雄。龜鱉之類，以它為雄。象足甲尾之形。凡龜之屬皆从龜。」小篆保留了側視與俯視的兩個字形。從很早開始，人們就已察覺到烏龜的種種天賦異能，尤其是龜的長壽，更是

❶

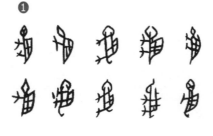

後世人們所渴望的，因此常以龜取名，如龜年、龜齡。但是到了近代，烏龜的價值卻變了，成為人們普遍取笑與揶揄的對象。

龜在商代的最大用途應該是做為占卜的材料。遠在五千多年前，人們就燒灼大型哺乳類動物的骨頭，根據骨頭被燒裂的紋路，占斷事情吉凶的徵兆。大約是到了商代才燒灼龜甲來占卜，而且認為比燒灼獸骨來占卜更為靈驗。有名的甲骨文，就是晚商王室問卜的紀錄，是迄今所知最早且為數甚多的甲骨文文獻。

商代的龜甲大多來自外地，其中有不少大海龜，已證實來自數千里外的南海溫水域。可以想見商代的人們相當尊崇和信仰龜的靈驗，才不惜花費，把海龜從遠地南方運來中原。這種龜卜的信仰到漢代才逐漸淡薄，司馬遷寫《史記》，還曾規畫寫一篇〈龜策列傳〉，可惜其文字不傳，後來由褚少孫加以補敘。

❷

龜之如此被尊崇，應該與牠的生活習性有關。龜的習性很像是一位隱居的高士，除了求偶或交配之外，從不發出聲響。烏龜不具有強大的攻擊能力，幸好裝備有堅硬的甲殼，可以將整個身軀縮進甲殼內以逃避敵人的攻擊。龜的肺可以貯存大量空氣，由於烏龜不必經常從事激烈的覓食行動或逃命，因此可以緩慢的呼吸，體能的消耗量極少。而且其體內可貯存充足的水分和養料，可以長久不飲、不食、不動的生活著。古人也認為用這樣的龜殼去占卜，就特別靈驗。

用來占卜的龜腹甲，
長 16.2 公分，商代，
西元前十四至十三世紀。

古人對於龜的這種耐饑、耐渴、自動療傷，以及百年以上的長壽等異常天賦一定有所了解，所以才認為龜有神異的力量，可以交通神靈，因而使用龜殼做為占卜工具，向神靈諮詢，預知吉凶。到了戰國時代，人們已經將烏龜的長壽，歸功於牠緩慢的呼吸，以及不動、少食的生活習性，因此興起了學習的念頭，發展出通過像烏龜一般的緩慢呼吸，以及少吃穀類食物的方式，希望藉以求得長生之術。甚至迷信到以為只要飼養烏龜，也可以健身與長生。

龍的鱗與龜的甲，可說都具有類似的性質與外觀，由同類的物質長成。因此龜被選為代表北方，而與其他三種動物龍鳳虎配合而成為四靈，應該不會只是因為烏龜有堅甲以及黑色身體的外觀條件，而是還有前述的不食、不動與長壽的異常能力。也許烏龜沒有威武的形象，人們覺得有負四靈的英名，就以一條昂首吐舌的蛇，纏繞著烏龜的身子，而合稱之為玄武。後來為了迴避清聖祖玄曄的名諱，才改稱為真武。

代表四個方向的動物，可能不是陰陽五行說興起以後才有的。六千多年前，河南濮陽西水坡以貝殼排成的龍與虎的圖案，戰國初期的漆木箱上彩繪二十八宿的名字，以及一龍一虎的形象（見左頁圖）。從箱子的位置，知道龍與虎大致分別代表東與西的方向。漆木箱上所以缺少代表南方與北方神物的圖案，可能是因為箱蓋上沒有多餘的空間。至於為什麼選擇這四種動物代表四個方向，原因並不清楚。地理方向似乎與這四種動物的產地並沒有關係。或許就是因為牠們都具有神力，而且外皮又有不同的顏色與質地，才被選取的吧？

最初這四種動物並不與特定的顏色相配，後來因受到五行學說的影響，各種事物都要納入這個系統，所以才有青龍、朱鳳（雀）、白虎、玄武的命名，其實與各動物的真正皮毛顏色並不吻合。但因為以四靈分配四種顏色的觀念已深植人心，後世作畫的人就依從這種著色的安排。

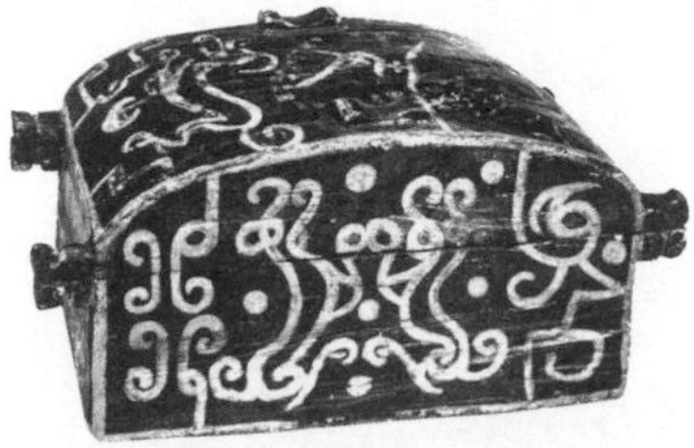

朱繪二十八宿漆木衣箱，
長 71 公分，寬 47 公分，
高 40.5 公分，湖北隨縣出土，
戰國早期，西元前五至四世紀。

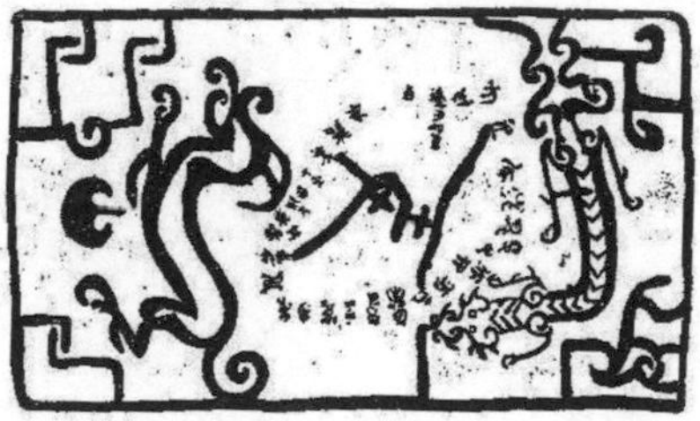

箱蓋上的龍虎與
二十八宿的圖繪。

蛇 ㄕㄜˊ shé

玄武是一條蛇纏繞著龜身的形象。這是人們想出來的形象，在實際的世界裏，恐怕這樣的現象是不會發生的。很可能古人看到烏龜雖然有堅硬的甲殼保護身體，卻毫無攻擊能力，有損四靈的威名，所以選擇了有鱗甲，具有攻擊性的蛇，纏繞著龜身而成為一體，昂首吐舌，讓人產生畏忌、害怕的感覺。

蛇這個字，《說文》的解釋：「，虫也。從虫而長，象冤曲尾形。上古艸居患它，故相問無它乎。凡它之屬皆从它。，它或从虫。」許慎說它是蛇字的本源。金文有它字❶，看起來是描繪一條蛇的形象。這條蛇看起來身子挺直豎立，是在戒備，即將攻擊的樣子。但

❶

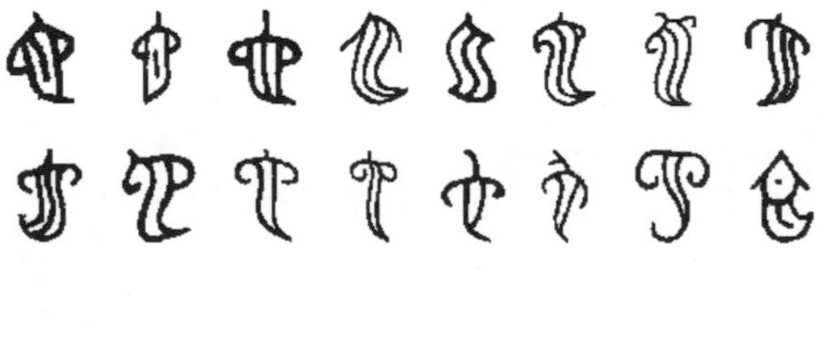

是它字都不做為蛇的意義，而是做為狀聲詞，或是水器匜的聲符。因為蛇不關乎商王問卜的事類，所以甲骨文見不到這個字。不過，《說文》說古人居住的區域多蛇，人們憂慮被蛇咬傷到，見面的時候都互問有沒有被蛇咬到。

甲骨文倒是有個字❷，是腳趾被蛇咬到的樣子。有學者以為這就是原來的它字。在草莽尚未完全開闢為農田的遠古時代，被蛇咬到是件很平常的事。所以早上人們打招呼就問有沒有被蛇咬到。因此「亡它」就成了商代卜問安危、災患的術語。菲律賓叢林中有過著舊石器生活的山洞野人，他們沒有神靈的觀念，生病時任由病勢發展，輾轉呻吟，除依靠自己體內防疫的本能外，並不知道向鬼神祈求救援。但是一旦被蛇咬到，卻知道用某特定的草藥加以治療。商代人們被蛇咬到，有草藥可治療，是可以肯定的。

❷

虫 ㄔㄨㄥˊ chóng

它字因為經常被假借為狀聲辭，所以就在原形加上義符虫而成為蛇字，以表達蛇的意義。甲骨文的虫字❶，是字的下半，看來就是一條蛇的形象。金文❷還保留虫字形的特徵。《說文》解釋：「，一名蝮。博三寸，首大如擘指。象其臥形。物之微細，或行，或飛，或毛，或蠃，或介，或鱗，以虫為象。凡虫之屬皆从虫。」一說虫字像一條爬在地上的蛇形。又說虫也代表各種或大或小，或爬行或飛翔，或有無毛髮、鱗甲等的所有生物。這些看法都是對的。例如老虎也被稱為大蟲。至於表達小蟲，甲骨文有蟲字。

❶

❷

蠱 ㄍㄨˇ gǔ

甲骨文蠱字❶，是一條或兩條小蟲在一個容器內的樣子。中國的文字，常用三個數目表達多數，而且排列成上一下二的三角形態。所以虫演變成蟲字，蠱也成為皿上三條虫的字形。《說文》解釋：「，腹中蟲也。春秋傳曰：『皿虫為蠱，晦淫之所生也。』梟磔死之鬼亦為蠱。从蟲、从皿。皿，物之用也。」說蠱是肚子裡頭的蟲，而字形是蟲仍然在食器之內，那就應該是表達把器皿中的眾多小蟲給吃進肚子裡而導致生病了。甲骨卜辭有「有疾齒，唯蠱？」卜問牙齒的病痛是不是由蠱蟲所引起的。古代不使用殺蟲劑，菜蔬裡發現有蟲是必然的事實，腐肉生蛆也是古人常見的事。古人很容易想像諸如蛔蟲、瀉肚、牙痛等等病疾，都是飲食不慎，吞下小蟲所引起的。

❶

3

一般動物

鳥類與其他

鳥類是人類很早就能捕捉到的動物，但是鳥的利益價值不如其他供應肉類的動物，而且也不容易捕捉得到。鳥有美麗的羽毛，人類拿來做為裝飾物，而難於捕捉到的大型猛禽，可以做為權勢者的身分表徵，除此之外，鳥沒有多大的經濟價值，所以甲骨卜辭很少有捕獲鳥類的記載。但是鳥類會啄食幼苗，人們從事種植穀類作物，就得驅趕、捕殺鳥類以保護農作物。漢代的《說苑．君道》提及驅鳥維護桑葉及野蠶。商代的絲織業已頗具規模，大概也以相同的措施保護桑蠶業。在人類居住的環境裡，除了家畜之外，所見到的動物幾乎都是鳥類。

鳥的種類非常多，雖然都有共通的體型特徵，像是有羽毛、翅膀、兩隻腳，但體型的大小卻有很大差異，生活的環境也很不同。人們日常生活中見到的鳥類不少，一般人沒有辦法用簡單的線條畫出各類鳥的形狀，而讓他人容易辨認出類別。所以最方便的造字方法是形聲的方式，只要使用隹或鳥做為意符，再加上一個音符，就可以無限的創造新字，以應付眾多鳥類命名的需要。不過比起其他動物的字，使用表意的方法去創造鳥類名的字也最多。人們除了給予不同的名稱以外，也創造不少借用鳥字的生活情境，以表達抽象意義的字。

鳥 ㄋㄧㄠˇ niǎo、隹 ㄓㄨㄟ zhuī

甲骨文有兩個鳥類的象形字；一是假借作為語詞唯的隹字❶，非常多見，是一隻鳥的簡略的側視形象。金文❷、小篆《說文》：「，鳥之短尾總名也。象形。凡隹之屬皆从隹。」都保持鳥的側面形象。另一個是做為鳥類總名稱的鳥字❸，也是描繪側面的形象，只是畫得比較仔細，羽毛看起來比較豐盛的樣子。鳥類不是人們生活中的要事，因此以表揚個人榮耀為目的的金文、銘文就非常少見到鳥字，只有幾個字形而已❹。《說文》：「，長尾禽總名也。象形。鳥之足似匕。从匕。凡鳥之屬皆从鳥。」鳥的形象還很清楚。隹與鳥兩字，都被用做鳥類形聲字的意符。《說文》以為隹字畫的是短尾巴的鳥類形，鳥字是長尾的鳥類形。但這樣的區別並不確實，因為有些鳥

❶

❷

類的形聲字，做為意符部分的隹和鳥是可以互相替換的，例如雞、、雛、、雕、、鴟、等好幾個字，都有從隹與從鳥的兩個字形，而從隹的雉則是有名的長尾鳥。

青銅鳥尊，高 25.3 公分，春秋，西元前八至前五世紀。

❸

❹

烏 ㄨ wū

和鳥的字形非常相近的有烏字，目前的資料，首見於金文❶。《說文》解釋：「，孝烏也。孔子曰：烏于呼也。取其助气，故以為烏呼。凡烏之屬皆从烏。，古文烏，象形。，像古文烏省。」只解釋烏字的意義，以及為什麼做為語助詞的原因，沒有說明何以這個字形是代表烏鴉。小篆的字形，烏字與鳥字的區別在於眼珠的有無，因此有人解釋，烏鴉全身漆黑，看不出眼睛來，所以用沒有眼珠的鳥來創造烏這個字。這種解釋可能不正確。

烏的早期字形 ，都有嘴巴朝上的特點。這是有意要表達的特徵，一如甲骨文的雞字 ，雖是個形聲字，但是意符的隹或鳥

❶

的部分，也都寫成嘴巴朝上張開的樣子。因為雞的特點是早上啼叫，喚醒人們起來工作。烏鴉的啼叫聲也很特別，不悅耳，有人還以烏鴉的啼叫代表凶險。烏字被使用為助氣詞，除了音讀的原因之外，也許與烏鴉的啼叫聲不悅耳有關，所以字形才強調烏鴉張口啼叫的特徵。後來字形慢慢訛變，這一特點就不見了。烏鴉全身的羽毛漆黑，所以烏字也被使用以表達烏黑、黑暗顏色的意義。

鷹 ㄧㄥ yīng

甲骨文有個字，對照金文字形❶與小篆，推知應該是鷹字。《說文》的解釋：「，鳥也。从隹、人，瘖省聲。，籀文雁，从鳥。」說這個字的結構是個形聲字，聲符是疒，這是把瘖字省去音的部分而成的。《說文》省聲的意見絕大多數是不能成立的。疒是病疾的意符，以疒組合的字上百個，誰能猜得到鷹字是以簡省瘖為聲符的呢？其實這個字是以老鷹的特徵做為創意。

中國人所指稱的鷹是一種大型的猛禽，最大的特點是腳爪具有銳利的鉤爪，眼睛銳利，可以在幾百公尺的高空盤旋，尋找到獵物時，就快速向下衝刺，以利爪鉤取獵物飛去。虎豹等大型哺乳動物雖然兇

❶

猛，對於天空飛來的攻擊卻無對抗良策。後代就有人特意訓練老鷹來捕捉善於藏匿於草叢中的小動物。所以甲骨文以一隻鳥與一隻彎曲的腳爪表達這種特徵。

金文以後，鷹字的鉤曲的腳爪逐漸變形，小篆甚至類化於疒，所以《說文》看不出鷹字是以腳爪創意，不得已而用省聲的方式解釋。後來加上鳥的意符成為，大概是讓形聲的性質更為清楚吧。

萑 ㄏㄨㄢˊ huán

由小篆的字形，上推到金文舊字的上半字形❶，再上推到甲骨文的字形❷。知道甲骨文的就是後來的萑字。《說文》的解釋：「，鴟屬。从隹、从𦫳，有毛角。所鳴其民有旤ㄏㄨㄛˋ。凡萑之屬皆从萑。讀若和。」說這種鳥的體態特徵是頭上有毛，形狀像角。民俗相信這種鳥類鳴叫時，是預示有災難將發生。

貓頭鷹又名鴟角，被比喻為邪惡的小人。看起來，甲骨文就是貓頭鷹的象形了，把貓頭鷹獨有的，頭上有毛如角狀的特徵給表現了出來。這個字在甲骨文除了貓頭鷹的意義之外，大都假借為新舊的舊。新與舊都是抽象的意義，沒有形狀可以描繪，所以假借同讀音的

❶

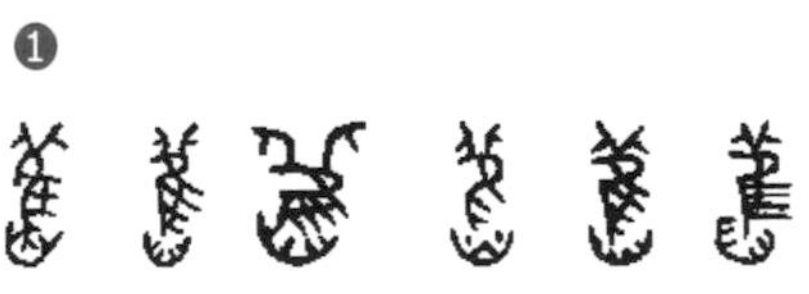

萑去表達。後來為了分別本義與假借義，就在萑字加上臼的音符而成為舊字。這種分別在商代就發生了，到了金文的時代，就再也沒有使用萑的字形來表達舊的意義。同時，也使用有音符的形聲字，替代原有的象形字萑。象形字被形聲字所取代，是中國文字發展的趨向。由於甲骨文這個字假借做為新舊的舊字使用，音讀應該近於舊，而非《說文》所說的「讀若和」。

❷

雚 ㄍㄨㄢˋ guàn

甲骨文有一個字和萑字有一點小差異❶，在萑鳥的一對毛角下有兩個口。金文❷和小篆的字形，基本保持原有的形象，沒有訛誤的形變。《說文》的解釋：「，雚爵也。从萑，吅聲。詩曰：「雚鳴於垤（ㄉㄧㄝˊ）。」說這是一個形聲字。鸛（ㄍㄨㄢˋ）鳥和鴞（ㄒㄧㄠ）的形象不同，也屬於不同的分類。如果要以形聲方式去創造鸛鳥，應該像大多數鳥類的形聲字一樣，以鳥或隹字為表達鳥類意義的符號，不會選擇某一種特殊的鳥類為意義的符號。再則，吅是從完整文字分解出來的文字學所討論的構件，在實際的文章裡並不會使用到這個字。所以這個字的創意比較可能是象形或表意的方式。《詩經》既然有「雚鳴於垤」的詩句，可見鸛鳥常常鳴叫。因此這個字的創意可能是這種鳥的叫聲宏亮或吵雜，有

❶

如多張的嘴吧在鳴叫一般。雚這個字在甲骨卜辭和金文、銘文都假借為觀看、觀察的意義。後來為了區別兩者的意義，觀看的意義就加一個見的意符而成為觀字，雚鳥則加上鳥而成為鸛字，使鳥類的意義更為清楚。

❷

下頁圖中的陶缸是做為成人的二次葬具，外壁上的圖紋，與常見的圖案非常不一樣，格外引人注意。這隻銜著一尾魚的鳥，被辨識是《詩經·豳風·東山》「鸛鳴于垤，婦歎于室」的鸛鳥。鸛鳥善於捕捉魚類，和圖案的表現非常相襯。鳥的旁邊非常明確細緻的描畫一把豎立的短柄石斧。這件紅陶缸的圖案不但繪畫生動，著色也非常考究。大致是先上一層白衣，然後預留鸛鳥、魚、石斧的輪廓而塗繪褐紅的彩色，最後畫上黑彩的細部紋飾。它是經過精心設計的成品，應該把它看成一幅古代非常傑出的畫作，而非只是陶器上的裝飾圖紋而已。

由於此缸出土時內有人骨，所以有人以為鸛鳥是死者所在氏族崇拜的圖騰，具有保護死者靈魂的功能。不過，在古代傳說中，西方的部族以大型哺乳類動物為崇拜對象，而東方部族才會崇拜鳥類。這個只見到一次的鸛鳥圖樣，是否可視為普遍被西方部族崇拜的對象？雖然應該存疑，但擁有那把精製石斧的主人，肯定是非常有權勢的。

這件河南臨汝出土，名為鸛鳥銜魚與石斧紋的白衣褐紅與黑彩夾砂泥質紅陶缸的文物，年代約在六千至五千年前之間。口徑 32.7 公分，高 47 公分。

雀 ㄑㄩㄝˋ

què

甲骨文有雀字❶，字形很清楚是由小字與隹字組合而成，不是隹的頭上有特別的形象。《說文》：「雀，依人小鳥也。从小、隹。讀與爵同。」許慎這樣的解釋是對的。這是屋頂常見的小鳥，形象上沒有特別的特徵，也無特有的功能或經濟價值，卻是生活中常常見到的鳥類，所以也需要給個名字。以小的隹去描述這種鳥是很合適的。

甲骨卜辭的雀是一位有名軍事將領的名字以及其氏族，所以出現的時機很多，與生活中常見的這種小鳥並無關聯。

❶

雉 ㄓˋ zhì

甲骨文有個字，看似以矢字與隹字❶的組合。《說文》：「雉，有十四種。盧諸雉、鷮雉、卜雉、鷩雉、秩秩海雉、翟山雉、翰雉、卓雉、伊雒而南曰翬、江淮而南曰搖、南方曰嚋、東方曰甾、北方曰稀、西方曰蹲。从隹，矢聲。，古文雉。」分析為從隹矢聲。但是這個字的甲骨文字形，這枝箭（矢）常有線纏繞着。這種綑綁在箭上而用來射殺鳥類的繩索稱為「繳」。

使用這種箭有兩個好處，一是射中獵物時可以循線找到獵物，不怕掉到密林中找不到。一是射不中獵物時，也可以把線拉回來，不致遺失貴重的箭。由於雉字的矢不是充當音符使用，有時會簡省成大的

❶

樣子。這種箭上的線索有長度限制，只能用來射飛行不高的鳥類。被射到的鳥類大概統稱之為雉，所以《說文》說雉有十四種之多。雉除了是商王田獵的捕獲物之外，常被借用為作戰時召集多少人員的用辭。

燕 ㄧㄢˋ yàn

甲骨文有一個字❶，可以肯定是描繪某一種鳥的形狀，是哪一種鳥呢？由字形的對比，可以知道是燕字。《說文》：「，燕燕，元鳥也。籋口、布翄、枝尾。象形。凡燕之屬皆从燕。」可以看出小篆的燕字表現一隻展開翅膀的鳥類形狀。是鳥的嘴巴部分。是鳥的尾巴部分。是鳥的兩隻翅膀部分。正好是甲骨文字形的三個相對應的地方。

甲骨文的是最早的繁複完整字形，是簡化的字形，是更為簡化的字形。都是小篆字形的前身。可以確定甲骨文的字形是燕字，表現一隻展翅飛行的燕鳥的形象。燕子是候鳥，季節

❶

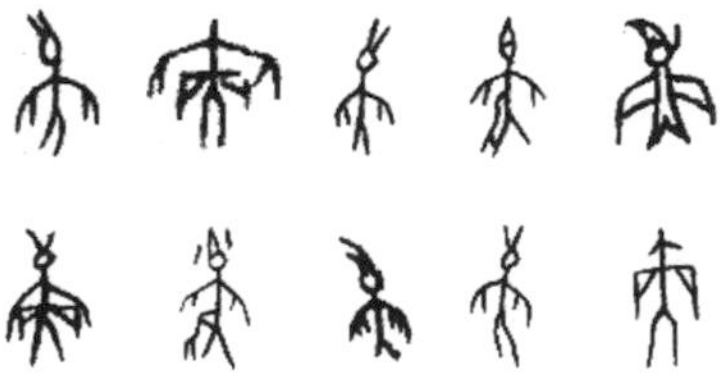

到來時，從他處飛來，季節尾聲又飛走。燕子有季節指標的功能，對於人們安排生活有很大的幫助，所以有必要給予名稱。但是在卜辭中，燕字都假借為饗宴的宴字，因為饗宴也是一種抽象的意義，不好使用象形或表意的方法造字，因而使用假借的方法。

舄 ㄒㄧˋ

xì

甲骨文有一個字❶，一隻鳥的頭上好像有很豐盛的羽冠狀。與目前所知的金文字形比對，以舄字❷最為接近，所以這個甲骨文字形被認為是舄字。但《說文》：「，鵲也。象形。，篆文舄，从隹、昔。」說這是鵲鳥的象形字，等於後來的鵲字。不管是甲骨文或金文，這個字的特徵是鳥的頭上有好幾簇高聳的羽冠，但是現在的鵲鳥卻見不到這樣的特徵。可能舄和鵲不是同樣的鳥類。在金文、銘文裡舄不是指鳥類，而是指行禮用的複底鞋子，是長官賞賜給高級官員以便行禮用的。有可能是因為複底鞋的前邊有高出的裝飾，好像舄鳥之有羽冠，所以稱呼為舄。

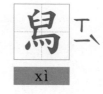

❶

❷

以鳥為創意的字

隻 ㄓ zhī、雙 ㄕㄨㄤ shuāng

甲骨文的隻字❶，商代使用為獲得的意義，手中捉著一隻鳥的形狀。對於一般人，大概小鳥比較容易被捕捉得到，而且單手就可以掌握，所以用它來表達抽象的收穫、獲得的意義。甲骨文的隻字都是以手捉住字形簡單的隹表意，但金文的字形，有些就使用繁複的鳥的形狀❷。空手去捕捉鳥類是很困難的，一般要用網子捕❸，或用箭射❹。所以隻字的創字重點在於掌握到東西，而不是去捕捉鳥類。

❶

❷

小篆還有雙字，表現手中捉有兩隻鳥之狀，表達兩件同樣的事物。手中掌握兩隻鳥的情況，一般是不會發生的，這是有了單雙的概念之後所模擬的景象。單雙的概念從什麼時候開始，目前尚不確知。甲骨文有奇字❺，大致是表現一個人騎在馬上的樣子。因為一個人只能騎在一匹馬的背上，所以也用來代表單數之意。一雙、一對是日常生活中常會使用到的，很可能商代也有單雙、奇雙的概念，只是不見於占卜的內容而已。

❸

❹

❺

鳴 ㄇㄧㄥˊ míng

甲骨文有鳴字❶，一隻張嘴的鳥  與一個人的嘴巴形 ，張嘴的鳥是這個字表達的重點，後來小篆類化為一般的鳥 ，就失去了張嘴鳴叫的創意了。雞字也是強調牠的張口啼叫的功能，為了與鳴字有所區別，所以雞字就應用形聲的方式，使用奚字的標音（奚的意義是奴隸，以手捉住套在奴隸頭上的繩索）做為分別。每一件事物常有多種不同面向，同一件事情可以利用不同的結構表達不同的意義。這是分析中國文字的重要觀念。類似的結構也可以用來表達不同的意義。這是中國文字靈活性的特點之一。

❶

進 ㄐㄧㄣˋ jìn

甲骨文有進字，是一隻鳥與一個腳步的組合。金文❶加上一個行道的符號，因為腳是為行走而生，行道則是為行走而設，所以在古文字裡這兩個符號可以相互替代。《說文》：「，登也。从辵（ㄔㄨㄛˋ），藺省聲。」把這個字解釋為形聲字，認為隹是藺（ㄌㄧㄣˋ）聲的省形。前進也是一種抽象的認知，最方便的表達方法是形聲。但是我們很難接受許慎的說法。以隹構型的字起碼有五、六十個，誰能猜出隹是藺的省形呢？鳥一般不和人一樣的走路，是用跳的方式前進，而且只會前進，不會後退。人們見到鳥這樣的習性就拿來創造前進的意義。否則怎樣用一個畫面表現正在進行的動態呢？古人觀察的仔細，真令人佩服呢！

❶

習 ㄒㄧˊ xí

習字表達的重點是經常的，重複而短暫的，以及綿密的聲響。這些都是抽象的意義。古人如何創造這樣的字義？甲骨文的習字❶，與羽毛有關。《說文》：「習，數飛也。从羽，白聲。凡習之屬皆从習。」說是從白聲，但是甲骨文的字形明明不是白。這個字的創意不容易猜測。

「數飛也」的意義給我們一個很好的提示。數表示很多次。飛表示與飛翔有關。鳥的羽毛在兩種情況下會多次的來回振動：一是要甩開羽毛上的水，一是從飛行而要降落時，也會不停的振動雙翅以便於減速而安全下降，就像火箭下降時也要噴火減速。鳥的翅膀在這種情況

❶

下，會發出習習的連續短暫聲響。古人就借用這個情景創造重複的意義。讀書需要重複的練習、複習，所以有學習的意義。這個字，本來兩隻翅膀要與身子連在一起，寫寫就分離了，結果身子訛化成為白，所以許慎才誤會是從白聲。

集 ㄐㄧˊ jí

甲骨文有集字❶，一隻鳥棲息於樹上的樣子。金文多出一個三隻鳥在樹上的字形❷。《說文》：「雧，群鳥在木上也。从雥木。集，雧或省。」許慎以為集的原來字形是三隻鳥集在樹上，一隻鳥的是省形。這個意見非常對。集字意義的重點是很多事物聚集在一起，所以要使用三隻鳥在樹上才能正確表達它的意義。可以肯定，三隻鳥在樹上的字形，要比一隻鳥在樹上更早。而甲骨文都是一隻鳥的字形。所以判斷一個字的演變過程，不能只根據文獻的年代的標準，從創意的合理性來判斷也是很重要的。從集字的現象，可以推斷甲骨文不是中國文字的最早階段，之前一定寫做三隻鳥聚集在樹上。商代晚期，甲骨文的集字寫成一隻鳥的簡體已是常態，所以一定已經過長時間的使

❶

❷

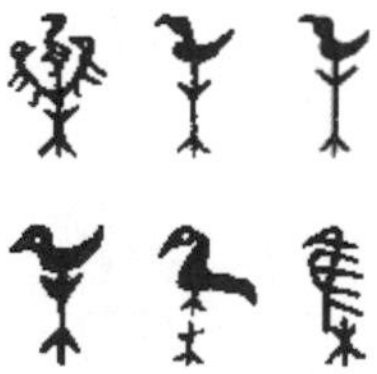

用了。

雖然一棵樹上聚集好多隻鳥兒像是平常事，但是最讓人注意到這種現象的是在太陽下山之前，那短暫的片刻。有一次友人曾永義教授到多倫多來探望我，我帶他到安大略湖邊散步，走著走著，突然一陣騷動，上百隻海鷗在堤岸上排成一列面向太陽的方向，目送太陽西沉。我才恍然大悟，原來創造莫（暮）字時也見到類似的情景。甲骨文的莫字❸，字形非常多種樣子，主要表達太陽西下，已隱形於眾樹木之中的傍晚時候。最簡單的樣子是日在兩草之下，或上下兩草之間，稍繁的則是在四草或四木之間，最繁的是還有一隻鳥棲息在眾樹之間。大概是黃昏時候，眾鳥才會聚集在樹上，不像其他的時間外出覓食。金文字形大致都已固定為日在四草之間。《說文》：「莫，日且冥也。从日在茻中，茻亦聲。」以為「茻亦聲」，就錯失了文字創意的重點了。

❸

喿 ㄗㄠˋ zào

喿字的創意與集相近，金文喿字是一棵樹上有三個口的形狀。《說文》：「，鳥群鳴也。从品在木上。」解釋得很對。口代表鳥的嘴巴。不同的鳥，不同的音調，一起在樹枝間啼叫，顯得非常吵雜煩人。利用鳥的聒噪聲表達所有噪音的狀況。

焦 ㄐㄧㄠ jiāo

金文的焦字，一隻鳥在火上的樣子。《說文》：「，火所傷也。从火，雥聲。，或省。」從字形演變的趨向看，原先應該是三隻鳥在火上燒烤，因為太過繁雜，所以字形簡省成為一鳥在火上。大部分的鳥，個體都不大，使用火燒烤來吃的時候，不會只燒烤一隻鳥，所以原先也應該是三鳥在火上的樣子。被火燒焦的事件也以鳥被燒烤來吃最為常見，同時也要烤得有點燒焦的樣子才好吃，所以也借用表達心裡焦急的狀態。

離 ㄌㄧˊ lí

甲骨文有離字❶，一隻鳥被捕鳥的網子所捉住的樣子。鳥的形體太小，如果用弓箭來射，或著用戈來砍劈，都不如使用網子罩住來得便利有效。有的網子是架設在一個固定的地方，靜待鳥兒自己前來投網。這個字的網是套在一枝長柄上，可以拿在手裡揮動，去網罩飛翔的鳥兒。這樣可以活捉，拿來關在籠子裡觀賞，而且鳥身上的羽毛也比較能保持完整，可以拿來裝飾服裝。

離字的網子構件是甲骨文的禽字❷，一枝長柄的網子的形狀，或網的把柄被拿在手中的樣子。這把網子是用來捕捉活鳥獸用的，所以有擒獲的意義。從金文❸的字形推論，看來最早的字形是手拿著網子

❶

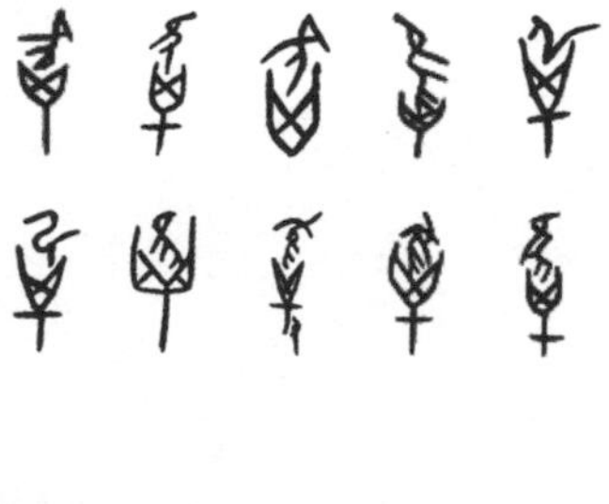

❷

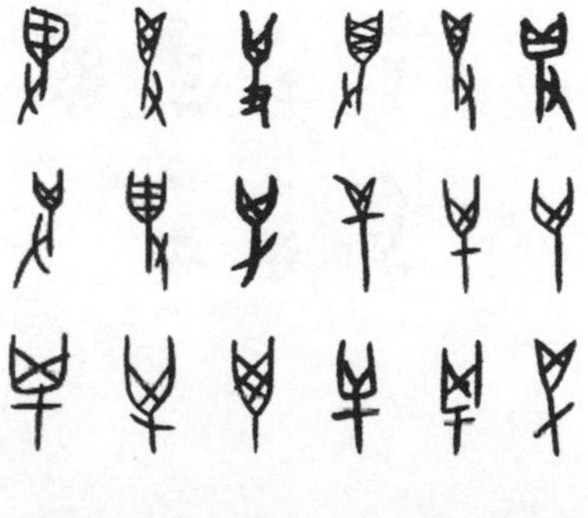

，接著是省略了手，然後是柄中部加一小橫畫，接著加一個聲符今，再來是柄部類化成内而成為。《說文》：「，走獸總名。从内。象形。今聲。禽离兕頭相似。」因為禽字的字形有了諸多變化，看不出原先是一把網子的形象，才解釋為動物的象形。擒獲是此字原先的意義，大概因為使用這種網所捕捉的主要是鳥類，所以被引申為鳥類的意義，後來再推廣至走獸的意義。後來禽字加手成為擒獲字，以為分別。

離有被籠罩，身陷於厭惡環境的意思。屈原有名的文學作品〈離騷〉就是身陷苦情的意思。可能身陷於苦情就要想辦法排遣，離開厄運，所以又有了離開的意義。《說文》：「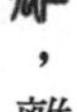，離黃，倉庚也。鳴則蠶生。从隹，离聲。」許慎沒有看出原來的意義，而以形聲字作解釋。

中國文字有時兼有這樣的正與反兩層意義，譬如繼與絕，治與

❸
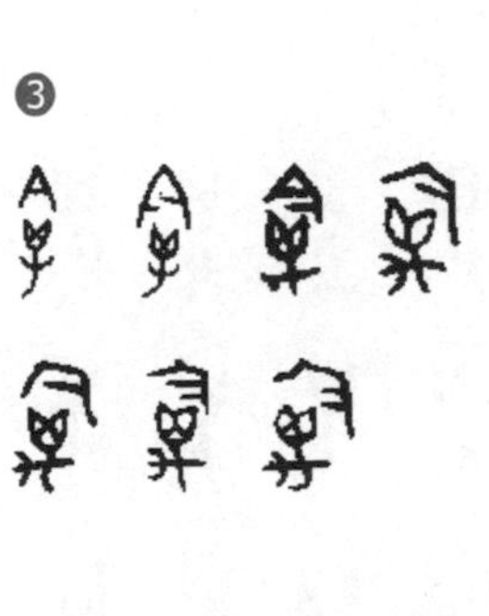

亂，都是源自於同一個字形。斷絕了就要使連結起來再繼續操作，絲線糾纏紊亂了就要治理，使它用起來順暢。別的語言大概不會有這樣的邏輯。與離字創意相近的是羅字，甲骨文❹形如一隻鳥被架設的網子捉住了。《說文》：「，以絲罟ㄍㄨˇ鳥也。从网、从維。古者芒氏初作羅。」網子編織的材料是線索，所以後來加上一個糸的符號，表達網子的材料而成為羅字。

❹

奪 ㄉㄨㄛˊ duó

金文有個奪字❶，形構相當複雜。構件有衣、手、隹，以及衣裡頭的三個小點。《說文》：「奪，手持隹，失之也。从又、奞。」解釋意義是手捉到一隻鳥，但又失掉了，表達被強力奪取的意義。許慎也沒有解釋何以奪字的字形表現出來這樣的意思。從金文的字形看，三小點可能表現米粒。俗語說「偷雞不成蝕把米」，米粒是用來誘騙鳥類前來啄食的。先設個陷阱，裡頭灑些米粒，鳥進入陷阱時，就可以啟動機關把鳥捉住。金文的字形大概表現以衣物作為陷阱。這時鳥已被使用衣服作的網所罩住，被捕捉到而持拿在手中，掙扎想要脫逃的樣子。不想到手的鳥兒又被脫逃了，所以有得而復失的意義。

❶

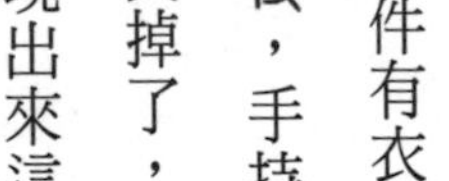

奮 ㄈㄣˋ fèn

金文的奮字也與鳥字的結構有關。前一形由衣、隹、田三個構件組成。後一個字形由隹、田與攴三個構件組成。綜合兩個字形，大致表現一隻鳥被設在田地上使用衣服架設的陷阱所困住，振動翅膀想脫離困境的樣子，或表現鳥被人們在田地上用棍棒所驅逐而奮起飛翔的樣子。鳥群有時會來田地啄食而踐踏了穀物，所以人們要驅趕牠們。兩者都是鳥兒大力從田地向上飛翔的情境，所以用以創造奮發的意義。到了小篆，這個字的構件衣字已被簡化成為大，《說文》：「，翬也。从 在田上。詩曰：不能奮飛。」並未說出文字創意的所以然來。

魚 ㄩˊ
yú

甲骨文的魚字❶，金文的魚字❷，以及《說文》：「，水蟲也。象形。魚尾與燕尾相似。凡魚之屬皆从魚。」都確實描繪一尾魚的形狀，把鱗、鰭等特殊魚類的形象都表現出來了。

魚類繁殖快，以古代捕漁的工具估計，很難竭盡水中魚產的資源，所以在早期的社會，魚撈區比狩獵區可以養活更多的人口。捕魚的社區也比狩獵的社區範圍大，而且往往不必發展農業也可以經營定居的生活，日本就是一個明顯的例子。但是比起狩獵來，捕魚算不上是一種興奮刺激的活動，而且也不涉及軍事訓練。可能因此，甲骨卜辭問及捕魚的占卜不多。不過，釣魚是一種悠閒的活動，也可以養成

❶

忍耐及等待的個性，古代就有不少愛好者，如西周中期的〈遹簋〉有「穆王乎漁于大池」的敘述。周穆王把諸侯招來，享受共同在大池子旁邊釣魚的樂趣。

❷

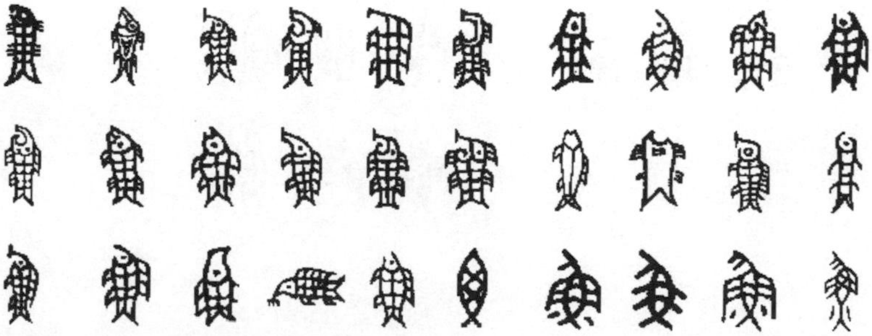

漁 ㄩˊ

yú

甲骨文的漁字有幾種寫法，反映捕魚的一些不同方式；一個寫法是一條或好多條魚游於水中的樣子❶，一個是手拿著釣線釣到魚的樣子❷，一個是以手撒網捕魚的樣子。此外應該還有更原始的方式，如用木棍棒打或以魚鏢投射，或甚至徒手捕捉的。《春秋》有魯隱公於西元前七一八年矢魚于棠的記載。大概是古時使用標槍或弓箭投射捕魚，提供祭祀牲品的禮俗呈現。七千年前的武安磁山遺址出土文物之中，有魚標和網梭，可見七千年前也已進步到以網子捕魚了。

❶

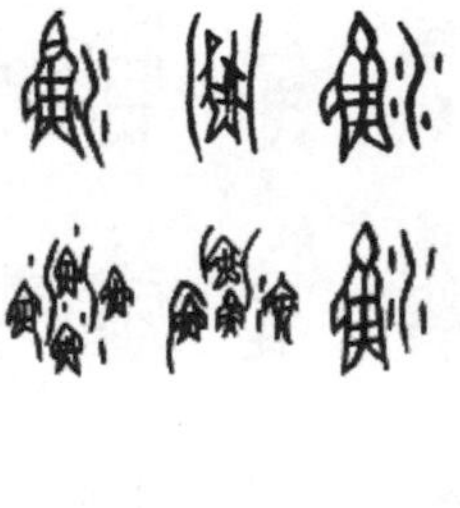

❷

魯 ㄌㄨˇ

lǔ

甲骨文的魯字❶，盤子上有一尾魚的樣子。金文魯字❷，因字形書寫的習慣，常在口的字形中加一小橫畫成為曰，又從曰形訛化成白，所以《說文》的解釋：「魯，鈍詞也。从白，魚聲。論語曰：參也魯。」不但把創意的方式說成為形聲字，意義也說錯了。魯在甲骨文和金文的最常使用的意義是嘉美，如「頌敢對揚天子丕顯魯休」（頌這位貴族擅自主張，鑄造銅器，以銘文感恩天子的賞賜）、「用匄魯福」（用來祈求嘉美的福氣）。這個字的創意應該是從魚是美味的食品的概念得來的。魯鈍是後來才有的意義，可能是假借的字義。

早期較文明的人們，居住在取水比較容易的山丘河旁，捕魚是生

❶

❷

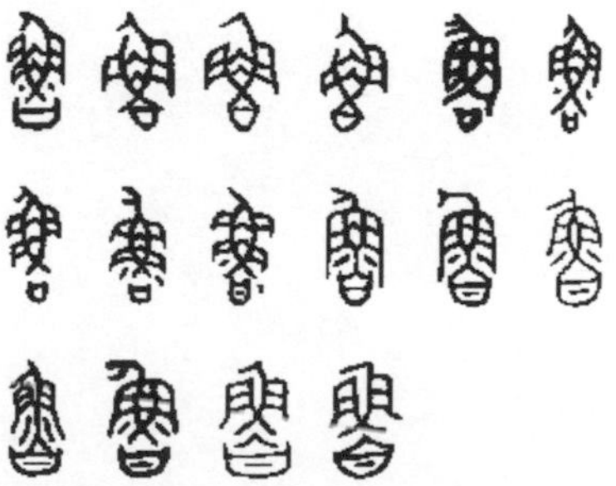

活的重要活動之一。仰韶文化的遺址雖深處內地，但都距離河流不遠，捕魚不難。因此仰韶文化陶器上的魚類花紋，遠較他種動物的花紋為多。後世因為人口壓力越來越大，迫使人們遠離河岸去過活。本來容易取得的魚，就漸漸變成不易吃到的珍餚了。《孟子・告子》敘述孟子曾經嘆惜魚與熊掌不可兼得。想見戰國時代臨近海岸的山東地域，魚也是珍貴的食品，其他的地方就更不用說了。由於市場的需求，挖掘池塘，人工養魚的事業也因應而發展。至遲在商周時期就已出現人工養殖。一件西周中期的銅器銘文，提到主人招待某位貴族在自己的魚池釣魚，並贈送給這位貴族三百尾魚，可見人工養魚的規模之大。到了春秋、戰國時代，人工養魚已相當普遍了。

魚本來是一種比較容易取得的食品，因為人口增多，人們不得不遷往離開河流比較遠的地方居住，魚變成不易獲得的食品，所以被認為是美食。為了追求美味，有時還從遠方不計成本的輸入。如商代的首都安陽，還發現從遠地運來的鱘魚，甚至是海中的鯨魚。所以中國人宴客，隆重的都需要有魚在內的菜餚。甚至在魚產量少的地方，宴客時需要象徵性的擺設木刻的魚。或以為這是因為魚的音讀與「餘」同，有魚象徵有餘。中國人口密度大，食物常感到不充足，能夠飽食是人們最關切的事，人們都希望豐裕不匱乏，所以形成這種習慣。

陝西的仰韶文化發現有十幾件細泥紅陶盆，上頭有彩繪的黑彩人面魚紋，或是魚與蛙紋。顏料在仰韶文化的時代是非常貴重的物資，彩陶的數量非常稀少。這類的陶盆出土時，都覆蓋在二次葬的骨骼上。所謂二次葬，就是埋屍體於地下若干年後，收斂白骨而安置於一個容器內，再次埋入土中。這種習俗常見於新石器的遺址，在現在臺灣鄉村還保留這種習俗。二次葬或稱為洗骨葬，因為骨頭可能還附有未腐爛乾淨的肉，要加以清理才再次埋葬。這類陶盆常見在底部鑿出小孔，有些學者認為這些小孔與靈魂投生的信仰有關。當時這種陶盆是極為貴重的隨葬品。埋葬者也都有豐富的隨葬品，應該在社會中擁有極高的社會地位。魚的圖案應該具有特殊的意義，才會在這類貴重的器物上一再出現。

魚蛙紋紅衣黑彩細泥紅陶盆
高 12.8 公分，口徑 30.4 公分，
陝西臨潼姜寨出土，
半坡類型，6000 多年前。

紅衣黑彩人面魚紋細泥紅陶盆
口徑 44 公分，高 19.3 公分，
陝西臨潼姜寨出土，
半坡類型，6000 多年前。

能 ㄋㄥˊ néng

金文有個能字❶，明顯是表現一隻四腳的動物的側面形象。《說文》：「，熊屬，足似鹿。从肉，以聲。能獸堅中，故稱賢能。而彊壯稱能傑也。凡能之屬皆從能。」這種動物看起來有強壯的嘴巴。中國境內的動物，除了老虎之外，能夠稱得上雄壯的四腳哺乳類動物，大概就只有熊了。《說文》：「，熊獸似豕，山居，冬蟄。从能，炎省聲。凡熊之屬皆从熊。」熊字和炎字不同韻部，所以熊從炎聲的可能性不高。能與熊兩字的創意應該有所關聯。能是熊的象形字，因為熊獸雄壯有力氣，所以被借用以表示有能力者，這個意義被使用的機會遠比熊獸的機會多，所以別造一個更多筆畫的熊，代表熊獸的意義。熊的音讀和火與炎都不同韻部，就比較可能是個表意字。

❶

那麼，熊的創意大概來自熊害怕光亮熾熱的火光，因此人們使用火把來驚嚇以及驅趕大熊。因此熊字的創意比較可能是用火驅退的壯獸。

兔 ㄊㄨˋ

tù

甲骨文有個打獵時捕獲到的動物名，字形是❶，以當時生存的動物與後世的字形推論，它應該就是個兔字。《說文》的解釋：「兔，獸也。象兔踞，後其尾形。兔頭與㲋頭同。凡兔之屬皆从兔。」字形描繪的重點是兔子的上翹的小尾巴。商王大型的捕獵對象雖然不是個體小的兔子，如果碰到了，也順便捕捉。兔子對人類以及大型野獸完全沒有攻擊的能力，但必須有擺脫大型食肉動物的追捕的技術。兔子的應變能力首先是行動敏捷。所以有逸字的創造。

❶

一八 逸 yì

金文有逸字，由兔字與辵字組合。辵是行道與腳趾的組合，用以表達有關行走於道路的意義。逸的創意不是形聲字，比較可能是表意，因為兔的聲韻與逸字的聲韻不同類別，違反形聲字的條件。《說文》的解釋：「，失也。从辵兔。兔謾訑善逃也。」意思說創意來自兔子善於欺騙敵人而逃避危險。

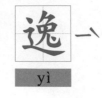

從文字結構的觀點，兔與辵的組合，表現兔子在道路上，可能有善於逃跑的意義，但沒有欺騙的成分。在中國文字的規範裡，彳（行道）、止（腳步）與辵（腳在行道走步）的意符，三者常可以互相更替。金文之前的逸字，比較可能是兔與止的組合，後來才寫成逸。兔與止的意義是兔子的跑路。兔子為了逃避敵人的追殺，不是一味的逃跑而已，還經常會利用地形來隱蔽自己，甚至會偽裝睡窩以逃避敵人的追蹤。

成語有所謂狡兔三窟，典出於《戰國策・齊策》：「狡兔有三窟，僅得免其死耳。今君有一窟，未得高枕而臥也。請為君復鑿二窟。」兔子善於逃跑躲避追殺，隱含善於欺騙敵人而脫逃。創造文字的人觀察入微，經常利用事物的特性去創造文字。兔子因為個體小，逃跑的時候經常竄入草叢中，讓人們難於追蹤。所以獵人會借重狗善於追蹤的能力加以追捕，所以狗才成為捕獵人的好幫手。

4

家畜

五畜與其他

人們從幾百萬年前就開始捕捉個體小的動物，而有了雜食的習慣。當人們能夠製造工具以及架設陷阱之後，開始獵取大型野獸，肉食就逐漸成為食物的主要來源之一。然而打獵並不是最安全、最可靠的食物供應。因為野獸的生息繁殖有一定的地域和季節，不可能整年都適時滿足人們的需求。而且捕捉野獸需要費相當的力氣，有時狩獵者也會受傷，甚至死亡。如果能夠把野獸圈養在自己住家附近，隨時可以取來宰殺食用，那該是多麼理想！人們一旦學會馴養家畜的方法，感受到它的方便，自然會大量飼養和培育自己所需要的良種家畜。穀類的農作物也一樣，如果能夠控制它們在住家附近生長，就不用浪費時間，四處去尋找和長途搬運。所以，考古學家就以有植物的栽培或動物馴養的技術，做為進入新石器時代的標識。

人們如何發現馴養動物的知識，依據事理來推論，捕捉到活著的野獸，是動物家養的必要條件。其時機應該是有一次捕獵到過多的野獸，其中有受傷未死的，或尚未成長的幼獸。獵人沒有立即食用這些還活著的動物，暫時圈養，等待以後捉不到獵物時才食用。有時候，捕捉的數量相當多，飼養的時間極為長久，幼獸與人們相處久了，習慣於人們的飼養和保護。甚至健壯的野獸，也偶有生產小獸的情形。慢慢的促成人們飼養的興趣，終於成為習慣而興起了畜牧業。傳說伏羲氏以網罟捕捉野獸以充庖廚，而創立了畜牧業。反映創造這個傳說的人，了解活著的獵物是畜養先決條件。

在中國文字裡，凡是為了食用、賞玩、勞役等等目的而被人們普遍飼養的禽獸，都可以稱之為畜。後來大概人們難得見到野生的動物，就推而廣之，來稱所有的動物。曾經被人們嘗試加以飼養的動物有許多種，像為字，字形是一隻手牽著大象的長鼻子而有作為的意義，就表明大象曾經被馴養過。但是後來在中國，一談及家畜，一般就限定常見的牛、馬、羊、犬、豬等五個種屬。所以有五畜的語詞。

豢 ㄏㄨㄢˋ huàn

甲骨文有一個字❶，是雙手捧著一隻豬的樣子，其中有一字形，豬的肚子裏還孕育有一隻仔豬的樣子。雙手捧著懷孕的母豬，是害怕母豬有所意外，含有加以照顧的意思。這個字的意義，可以通過小篆的字形推斷出來。《說文》：「，以穀圈養豕也。从豕，𢍏(ㄐㄩㄢˋ)聲。」𢍏是文字學的分析構件，不是日常使用的字。很可能甲骨文的字形是小篆的源頭，不明創意而以形聲字取代，找到了包含有廾的𢍏構件而成形聲的形式。雙手捧著受孕的豬是害怕母豬有所閃失，這是有飼養習慣之後才有的事。考古學者推論畜牧業緣起，是待宰的母豬有了生育仔豬的情況，正和豢字的創意相同。

❶

龔 ㄍㄨㄥ gōng

甲骨文有個字❶，是兩隻手抱起一隻龍的樣子。廾是中國文字常見的符號，用以表達兩隻手同力操作某種事物的意義符號，這個符號在商代也是一個字，卜辭用以表達徵集人員以從事有關戰爭的工作。作為構件，廾的雙手所捧持的有各式各類的東西、器物與人員，但是所捧持的動物只有豬與龍。雙手捧豬的豢字，有飼養的意義，因為豬是人類為了供應餐食所飼養。那麼捧持的如果是龍，會創造出什麼意義呢？先看《說文》的解釋：「，慤也。从廾，龍聲。」意義是恭謹樸實。字形的解構分析文從廾龍聲的形聲字。但是屬於喉音的聲母，龍屬於舌邊的聲母。形聲字的條件是聲符需與本字不但同韻部，也要同聲部。顯然《說文》不能理解為什麼雙手抱著龍，會有恭謹樸

❶

實的創意？不得已以形聲來解釋。

龏字在金文出現的例子非常多❷，還有一形是加上音符「兄」的❸。使用的意義，除了作為龔王的名字之外，都作為恭謹樸實的意義。後來的典籍多用龔或恭字取代，龏字就消失了。龔或恭都是以共為聲符，如果龏字的結構是形聲字，則龍是意符而廾為聲符了。廾與共同聲部，似乎使用常見的共聲，取代罕見的廾聲，是合理的。不過，甲骨文使用廾的部件以表達持拿或捧持的動作的字很多，都沒有其他以廾為聲符的例子。因此，這個字比較可能是表意字的形式，就龍的習性、功能等關係創意的字。龍大半是揚子鱷的動物象形，雙手捧著鱷魚而有恭謹、謹慎的意義，就應該是對待寵物、或代表神聖的東西，所以才需要以恭謹的態度面對。

❷

❸

龐、寵

ㄆㄤˊ pang

ㄔㄨㄥˇ chǒng

龍是實在存在的動物，以之創造的字還有寵與龐兩個比較常見的字。

甲骨文的龐字，《說文》的解釋：「高屋也。从广，龍聲。」龐是唇音字，龍是舌邊音。不合形聲字的規律。金文的寵字，《說文》的解釋：「尊居也。从宀龍聲。」寵字為舌尖音與龍字的舌邊音，可以符合形聲字的規律。宀和广都是有關建築物的意符，以龍與房屋組合的字，一個是表意字，一個是形聲字。

一個建築物的高大與否，很難用一個簡單的圖形表達，所以龐有高屋的意義，大致因為龍是大型的動物，飼養的空間需要寬敞高大而來。寵字則是假借龍的讀音，表達尊貴者的房屋的形聲字，就和龍的形象或習性無關了。

畜 ㄔㄨˋ chù

商代甲骨文的畜字，像是一個動物的胃連帶有腸子的形狀。古時候在還沒有陶器之前，人們常以動物的胃做為天然的容器以儲存水、酒以及食物，方便行旅時使用。所以還有收容、保存等引伸意義。也有可能在創造文字的時代，人們已不再外出打獵，所吃的腸、胃等內臟都是來自於飼養的家畜，所以就以腸胃創造家畜的意義。畜的金文字形已把代表胃裡食物的四個小點省略，變成與田字同形狀❶。

以至於《說文》：「，田畜也。淮南王曰：元田為畜，魯郊禮畜从田、从茲。茲，益也。」把畜字的創意解釋為與田地以及植物的

❶

生長有關。如果沒有甲骨文畜字的字形保留下來，我們萬萬也想不到畜字是與腸胃的形象有關的。家畜和田地扯不上關係。所以探尋漢字創造的原委，依據越早期的字形越不會出錯。

牧 ㄇㄨˋ mù

畜牧是常見的辭彙，因為兩者有密切關係。中國傳統的歷史常以三皇五帝開始。把人類文明演進的歷程擬人化，將整個古代社會，構想成一個有連綿不斷的帝王承繼的傳統。最先是開天闢地的盤古氏，經過構木巢居時代的有巢氏，鑽燧取火時代的燧人氏，網罟漁獵時代的伏羲氏，種植穀物時代的神農氏，創建帝國的黃帝有熊氏，以及以後一系列的承繼帝王。認為伏羲氏代表畜牧業，所以時代在代表農業的神農氏之前。其實，伏羲只是譯音，和畜牧是沒有關係的。農業與畜牧既是相輔相成，又互相排斥，哪一個出現在先，很難論斷。文化的演進是很複雜的，並非直線進化。

不管草原有多大，野獸如何繁殖快速與容易被捕獲，從事狩獵工作，多少要費相當長的時間及做必要的準備。畜牧業興起，使人們可以節省一些時間多從事其他活動。所以，農業的發展有可能得力於經營畜牧業所節省下來的覓食時間，讓人們有充裕的時間觀察野生植物生長的情況，並加以實驗，一如實驗飼養各種家畜。在中國，農業的發展超過一萬年，並不晚於畜牧業的建立。就算某種家畜的發生早於農業，但大部分的家畜卻是在農業大為發展後，才馴養成功的。帶領大批的家畜逐水草而居的生活，總不如把牲畜圈養在固定的地方來得方便，而且發展農業還可以生產飼料，飼養更多的家畜。另一方面，飼養家畜也可以提供勞力來增加農產。

不過，農業與畜牧有基本的矛盾。發展畜牧業，譬如飼養牛羊，就會讓牧草佔有耕地；而發展農業，就要盡量開闢草原、山地，成為耕田。因為同樣面積的土地，生產糧食比飼養家畜可以養活更多的人口，所以，在人口壓力下，如果氣候、土地等條件許可，需要牧地的畜牧業就會被農業所取代。中國的情形就是例證。

甲骨文的牧字有兩種寫法；一種是手拿著牧杖在驅趕牛隻的情形❶，一種是驅趕羊隻的樣子❷。兩種字形又都有加一個行道的字形、、。牧字的創意是一手拿著牧杖，引導牛或羊從事放牧的意思。這四種字形都出現在甲骨文最早的第一期，那麼，如何決定到底是先有牛，或先有羊的字形，以及是省略行道或增加行道的符號呢？

學者一般認為族徽符號是表示一個氏族的記號，圖形往往表現比較古老的寫法。牧字在亞形內的三個族徽符號、、，牧字都是在行道之旁放養牛隻的形狀，大致就可以決定有行道的字形是比較正式，沒有行道的是省略後的字形。而且從牛偏旁的牧字形會比從

❶

❷

羊偏旁的牧字字形還早。在行道的旁邊驅趕牛羊的放牧行為，反映的是業餘小規模的方式，不是在山坡或草原的大規模專業放牧。當文字創造時，人們是以農耕為主要的生活方式，放牧牛或羊群都只是農作之餘的小規模行業而已。當時牛與羊兩者都是重要的家畜，所以二者都被選取以創造放牧的牧字。但是當人們越來越依重農業，羊沒有農業上的大用，而且還需要以牧草做為飼料，難與農地共存。金文的牧字❸❹還保留從牛與從羊的兩種字形。到了漢代，《說文》就只剩下驅趕牛隻的字形牧。而且把使用牧杖驅趕羊隻的字形𢼶誤以為是古文的養字。

《說文》：「養，供養也。从食，羊聲。𢼶，古文養。」

❸

❹

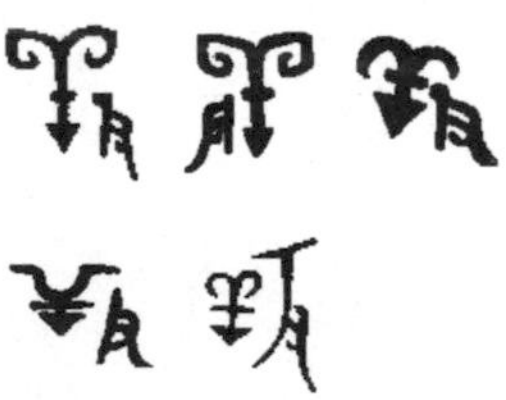

羊 ㄧㄤˊ yáng

甲骨文的羊字❶，像是一隻動物的頭有一對彎曲的角狀。羊與牛都是古時候放牧的重要家畜，在中國境內，牠們與其他家畜外形的最大不同點在於頭上有角。所以就分別以牛和羊的頭部來代表牛與羊的種屬。有些羊的字形，頭上套有繩索之狀，表明是人們家養的品屬。羊字的早期字形是，最上兩道彎曲的筆畫代表兩隻角，兩斜出的線代表兩隻眼睛，中間的直畫是鼻梁。漸漸的，眼睛與角之間多出一道橫畫，這是字形演變的常規。金文的字形有一些更進一步變化，把眼睛也畫成橫直線❷，怪不得《說文》有所誤會，解釋為：「羊，祥也。从𦍌。象四足尾之形。孔子曰：牛羊之字以形舉也。凡羊之屬皆从羊。」誤以為是包括四隻腳與尾巴的整隻羊的形象。

❶

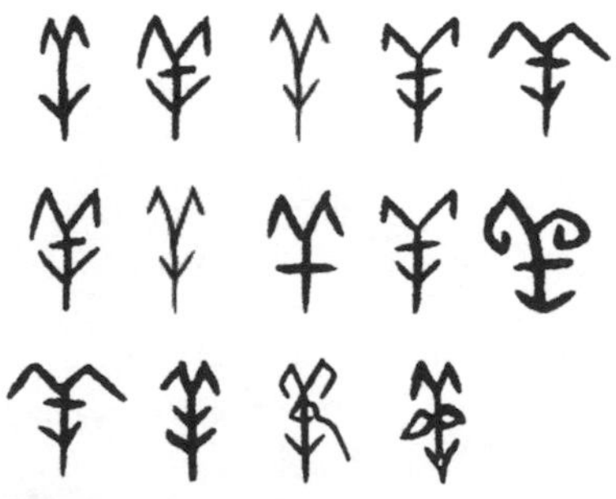

❷

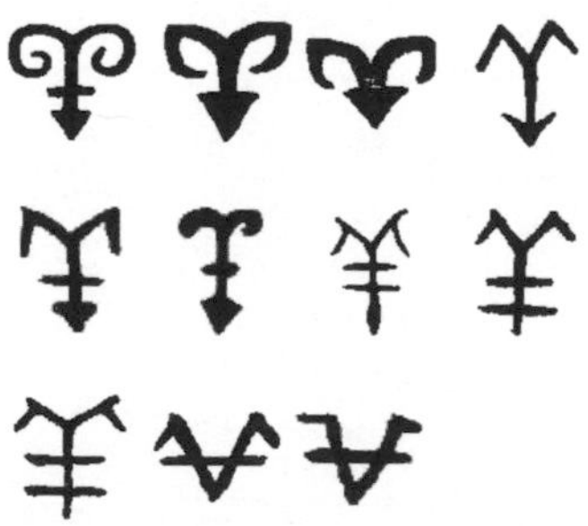

羊可以放任在草地自己覓食，不太需要人們使用草料去餵飼，也不費太多的人力去照顧，所以在大多數的地區，尤其是半乾旱地帶，羊是最早被家養的動物。但是在中國，羊恐怕不是最早被馴養的家畜。雖然西元前六千年的鄭州裴李崗遺址，已發現陶羊模型以及羊的遺骸，但中國人所居住的區域，主要生活方式是經營農耕，六千年前或更早的遺址，所出土的骨骼大都以豬和犬為多。到了龍山文化時代，才有較多量的牛、羊骨骼。至於中原以西、以北的半乾旱地區，屬於游牧區，則自新石器時代以來，一直是牛、羊的骨骼多於豬、犬。顯然中原地區的羊不是原生的種屬，飼養羊是受到游牧地區的影響。在西元前八、九千年的時候，由於氣候的因素，華南地區較有人跡。中原地區氣候溫濕，適宜豬與犬的活動，所以先有豬與犬的飼養。後來氣溫大幅上升，華南已不適合定居，於是人們北移經營農耕，也就把豬與犬的飼養技術帶去華北，華北才有多見豬與犬而少見牛與羊的現象。

敦 ㄉㄨㄣ dūn

甲骨文有個敦字❶，金文的字形基本不變❷，也是以亯（享）與羊字組合。《說文》的解釋：「𦎫，孰也。从亯、羊。讀若純。一曰鬻也。𦎫，篆文𦎫（ㄉㄨㄣ）。」至於孰的《說文》解釋：「孰，食飪也。从丮、𦎫。易曰：孰飪。」孰字等於現在的熟字。敦字的另一意義是鬻，是把米粒燉煮得很爛的食物名稱，現在簡省為粥。看起來敦的創意與烹飪有關係。這個字的結構是亯（享）之前有一隻羊。甲骨文的享字是一座有臺基的建築物形。這種建築物興建費工，是做為享祭神靈的目的而建造的。羊則是古代奉獻給神靈的重要牲品。這兩個構件的組合，有把食物燉煮得很爛的創意，那就應該是來自於「供奉於神靈之前的

❶

❷

羊肉需要燉煮得很爛」這一層關係。致於孰字，甲骨文，一個人伸出雙手在一座有臺基的建築物之前。金文的字形多了一個女的構件，只是說明拜祭的人男或女都可以，沒有增加什麼訊息。《說文》小篆把這個女的構件換成了羊字，解釋為：「，食飪也。从丮、𦎧。易曰：孰飪。」綜合從甲骨文到小篆之間的字形，大致孰字在於表達要用羊的熟食獻祭。可見羊肉，尤其是帶皮的，不容易煮熟，要長時間燉煮才能熟爛食用。對於其他的家畜就很少看到有關烹飪的創意。

在漢代以前，羊是僅次於牛的重要祭祀犧牲，牛大概是因為體格高大的關係，羊則可能是因為飼養的數量少而被視為珍美的食品。在中國，因為發展農業的需要，草地大量被開闢為農田，斷絕了羊的食料來源，以致於飼養的數量大減，逐漸失去其為主要肉食供應的地位。羊在後世雖然已經不是主要提供肉食的家畜，卻是藝術作品的重要題材。不知是因為羊的馴良性格，還是因為語音上的借用，羊就被取用為吉祥的象徵。三隻羊成群是後世常見的圖案，這是取自代表春季第一個月的《周易》泰卦。泰卦是由下三個陽爻和上三個陰爻構成，羊的讀音與陽同，所以以三隻羊象徵三陽開泰。正月以後陽氣漸漸累積多過陰氣，萬物從此逐漸活躍滋生。

牛 ㄋㄧㄡˊ
niú

甲骨文的牛字❶，從金文的字形❷，代表最早階段的族徽符號來看，知道牛字是描繪一隻牛的頭部形狀。所以《說文》的解釋：「牛，事也，理也。象角、頭、三封、尾之形也。凡牛之屬皆从牛。」，也和羊一樣，誤以為是整隻牛的形象。

體型高大，壯碩魁偉，屬於哺乳綱偶蹄目的牛，是中國很常見的家畜之一。人類馴養家畜雖然已有萬年以上的歷史，但是中國對於牛的馴養卻是相當遲才開始的。在西方，牛被人們豢養的最早遺址可能早到七千八百年以前。中國七千多年前的遺址雖然曾經發現過牛的骨骼，但都不能肯定是家養的階段。要等到五千多年前，牛骨才

❶

❷

普遍見於遺址，而且能肯定是家養的品種，骨骼的形態也與野生的有明顯變化。牛雖然是大型的野獸，但被家養以後，性情溫順，甚至孩童都可以牽引牛的穿鼻而加以指揮。不過那應是牛被長期馴養以後才有的現象。相信在未被馴養以前，牛也是相當凶猛不羈的。起碼古人見牛的體型高大，而且有尖角，一定不敢想像牠可以成為溫馴的動物，可能因此有所遲疑，不敢貿然想像要加以馴養。

牡、牝

ㄇㄨˇ mǔ
ㄆㄧㄣˋ pìn

人們一旦把野生動物馴養成為家畜，就要對這些動物的雄與雌的性別有所了解，因為牠們的體能與功能都有所不同。有時候要把不具經濟價值的性別加以剔除，或特意保留某種性別充做特殊用途。如在西元前五千二百年的武安磁山遺址，發現大量的雞骨，多屬於雄雞，就是有意保留母雞，讓牠們生蛋以供應食用。牛隻的雌雄可能在肉質方面也有明顯的差別，商代的人對於鬼神的祭祀非常慎重，每每要使用占卜的方式，探明接受祭祀的神靈比較喜歡哪樣的牛隻、哪種性別。甲骨文習慣用士字表達雄性動物，用匕字表達雌性動物。雄性的牛使用牛字加士字表示❶，雄性的羊就用一隻羊加上士字表示❷，依此可以類推雄豬❸、雄鹿 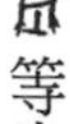 等字。

❶

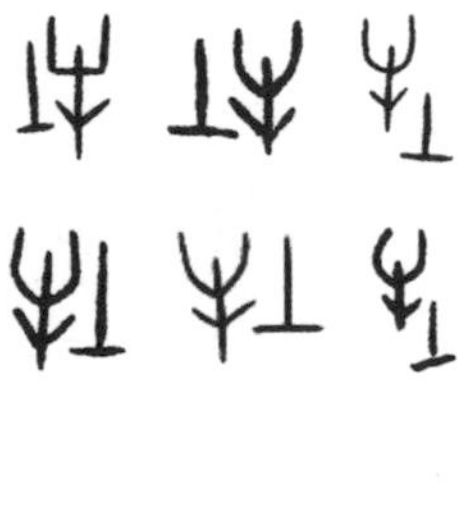

❷

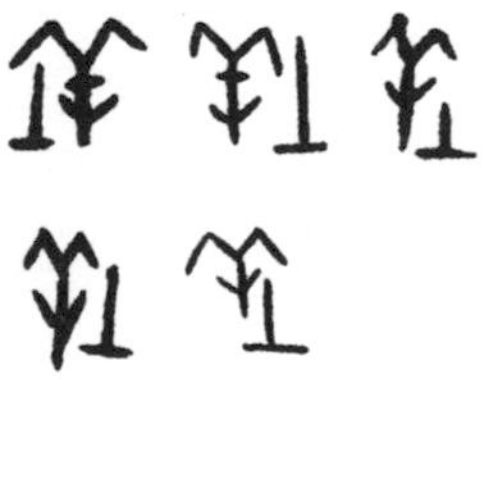

❸

士丄原來是代表雄性動物的生殖用性器的簡要形象，因為文字演變的習慣，先是在直線上加一個小點，這一點變成小的橫畫，再由短畫變成長畫，成金文的士字❹，如果不拘泥哪一畫比較長，有時就會與土字分不清楚了。小篆就只取下面一畫比較短的字形做為士字，連帶也就看不出原來的創意。《說文》的解釋：「士，事也。數始于一，終於十。从一十。孔子曰：推十合一為士。凡士之屬皆从士。」也是如此。

區分動物的性別，在商代是很重要的事。所以，不同的動物就用不同的字形表達。後代的人基本上已不太接觸家畜，而且也不參與祭祀的事務，沒有必要仔細辨明各種動物的性別，就都使用雄牛的牡字代表所有雄性的動物了。《說文》：「牡，畜父也。从牛，土聲。」漢代的人不了解這個字的演變過程，而錯認為形聲字。

❹

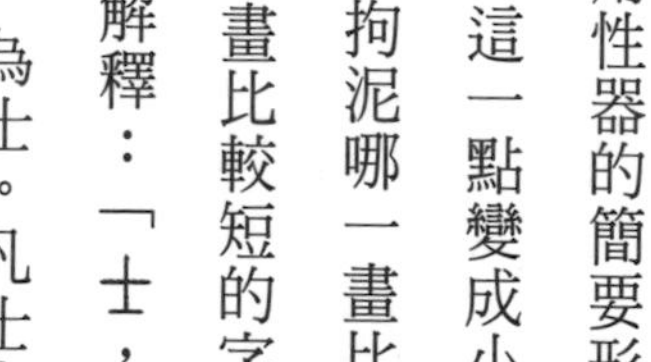

對於雌性的動物，甲骨文也是以一個動物加上一個匕字表示，如雌性的牛❺，雌性的羊❻，雌性的豬❼，雌性的犬，雌性的虎，雌性的鹿等等。

甲骨文的匕字❽與金文的匕字❾，都是表現一種器物的形狀：長柄而尾端有一點彎曲，前端有個小容器，這是一把湯匙的形象。湯匙有兩類，一是汲取酒水用的，底部沒有孔洞。一類是上頭有許多小孔，可以從湯羹中濾取菜蔬。湯匙是廚房裏常用的器具，在廚房工作的人大都是女性，所以在有些社會，湯匙就被拿來當女性的象徵，生產女嬰時就懸掛一把湯匙，讓親朋知道訊息。《說文》解釋：「𠤎，相與比敘也。從反人。匕亦所以用比取飯，一名柶。凡匕之屬皆从匕。」說匕是用以添飯的飯柶，還是有點錯誤。拿飯的飯柶表面是平整的，匕字的字形，前端有個容納食物的凹陷，是字表達的重點所在，所以是表現湯匙才對。這個字在甲骨文，除了表達雌性的動物以外，還被

❺

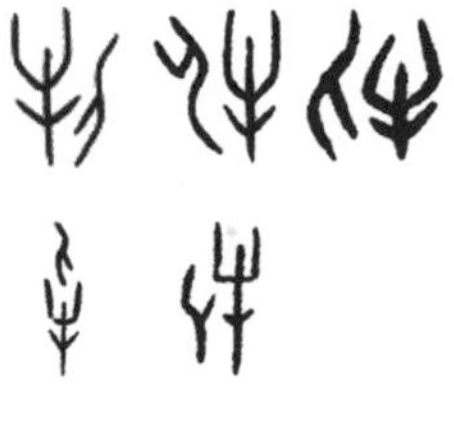

❻

❼

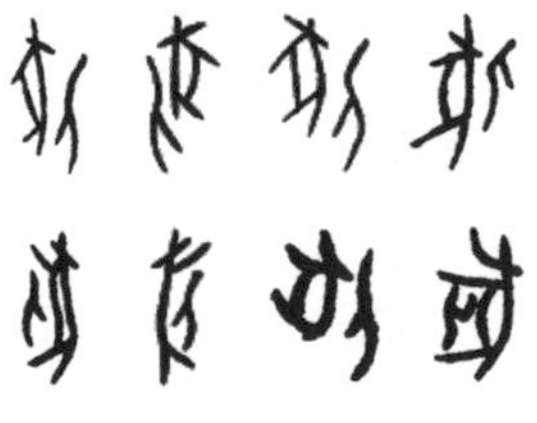

借用為表達祖母輩的妣字。後代就只保留，使用牝字代表所有的雌性動物。《說文》解釋：「牝，畜母也。从牛，匕聲。易曰：畜牝牛吉。」嚴格的說，牝字應該是表意字而不是形聲字。

❽

❾

牢 ㄌㄠˊ láo

商代祭祀鬼神用的牛隻，種類有黃牛、犁牛、幽牛、戠牛等等的區別，性別有雄（牡）與雌（牝）的選擇，此外還和牢字有關聯。甲骨文對於牛牲與羊牲都有比較高品級的牢字，分別為❶與❷，表現有一隻牛或羊在一個有狹窄入口的牢圈內的樣子。甲骨文牢字的具體意義，學者間頗有爭論，有時牢之前有大與小的形容，或以為這些字的不同是表示飼養的方法不一樣，或圈養的地點有異於一般的牛羊，或表示祭祀時有成對的數量，或牛、羊、豬合為一套等等的不同意見。根據詳細的統計與分析，從牛的與從羊的確實有所分別，兩者分別是精選過的牛或羊，在特殊的柵欄中飼養，不放任牠們四處啃食不清潔的草料，等待做為祭祀使用的精選牲品，表示對神的尊敬以及

❶

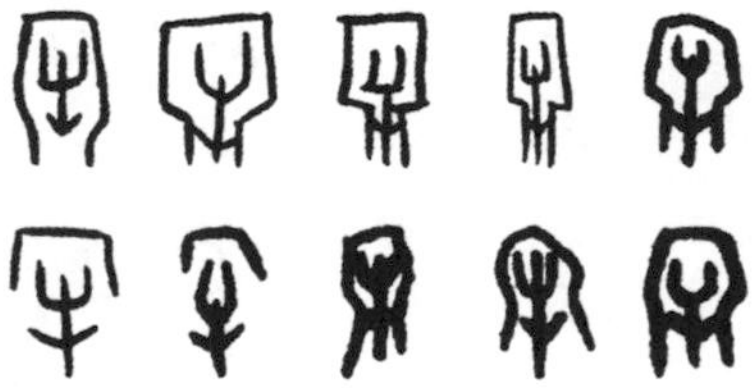

慎重。牛字與羊字則是一般性的牲品，不需限制行動與草料。

至於大牢與小牢的區別何在？目前可以知道並不是數量上的不同，但確實的區別何在，則還不能有個確實的答案。金文的時代，從牛與從羊的牢字都還存在。小篆則只保留從牛的字形，也許和羊被淘汰有關吧。牢的字形雖然有訛化，還知道是表達被關閉在柵欄裏的。《說文》：「，閑也，養牛、馬圈也。从牛、冬省，取其四周帀。」飼養牲畜的柵欄要建造得牢固，才不致讓寶貴的牲畜走失，所以牢字引伸有牢固、監牢的意義。《春秋》經記載，因為牛的角被老鼠咬嚙過，因而要卜問改換別的牛隻。可見保障牛、羊飼養的條件，在祭祀上是重要的，所以才有加以隔離飼養的特別措施。

牛、羊不但要加以圈養，為了要盡量取悅鬼神，有時還要問清楚牛牲的性別以及年齡。《禮記．王制》：「祭天地之牛，角繭栗。宗廟

❷
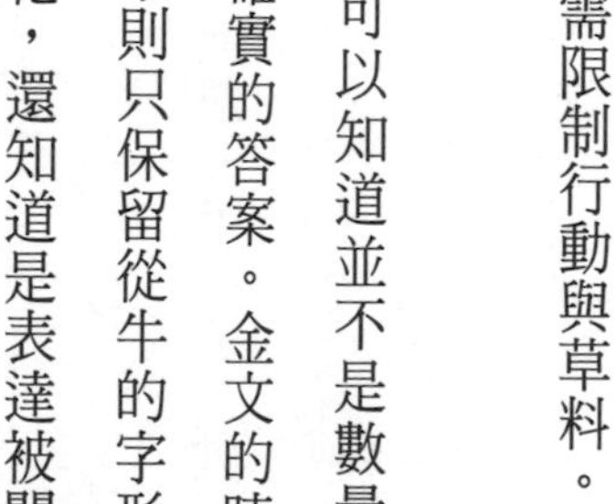

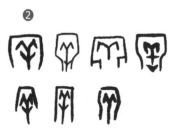

之牛，角握。賓客之牛，角尺。」說祭祀天地使用的牛隻，要選用剛剛長角的。在宗廟祭祀所使用的牛牲，要選用角還短的，因為牠們是肉嫩而味美的幼牛。幼牛剛剛生長角，角質軟弱才可能被老鼠所咬齧而破壞外表，所以有卜問改用牛隻的情節。如果是做為宴饗賓客使用的，就要選取最具經濟價值，即日常驅使或食用的多肉的壯牛了。因此在文字上，就在牛角上加一道橫畫表示一歲，加三道橫畫表示三歲，還加上雄性的符號，就是三歲的雄牛，其他還有四歲的雄牛，以及六歲的雄牛。其他的動物就沒有得到像這樣對動物年齡特別注意，並為之創造專字的情形。

牛在商代雖是最為隆重的祭祀犧牲，但還與羊、豬、犬等同樣對待，做為肉食的供應家畜。到了東周時候，用牛來拉犁深耕，有極大的經濟效益，受到主政者高度重視，因此限制屠殺，不再供應一般百姓做為肉食，所以《禮記》王制篇：「諸侯無故不殺牛，大夫無故不殺羊，士無故不殺犬豕，庶人無故不食珍。」連國君也要有特別的事故才可以宰殺牛隻。東漢以後，受佛教教義的影響，人們更少吃牛肉了，牛幾乎不是一般人吃食的動物，而是君王賞賜大臣的珍貴食品。

犁 ㄌㄧˊ

lí

甲骨文經常見到卜問要使用哪種牛去祭祀，神靈才會滿意。不同種類的牛，一般是以膚色分別，如黃牛、幽牛、戠牛，但犁牛卻是以功能命名的。甲骨文的犁字初作❶，後來合併成一字❷，因為這種牛與耕作有關，就加上一個禾而成現在的犁字。犁的初形是如何表意的呢？這個字由兩個單位組合，是一把農地上翻土的犁的側視形狀，下端是裝設犁刀的地方，上端是手把握的地方。兩小點或三小點是被翻上來的土塊。這個代表犁把的圖形很像一般的刀。刀在切東西時，切下來的東西成為兩塊，而且分別在刀的兩邊。但是犁插進土中，挖出的土塊卻只能在犁的上邊。所以，這個字只適合耕犁的操作現象。牛的種屬基本有兩大類，一是喜歡在乾燥的地面上行動，拉

❶

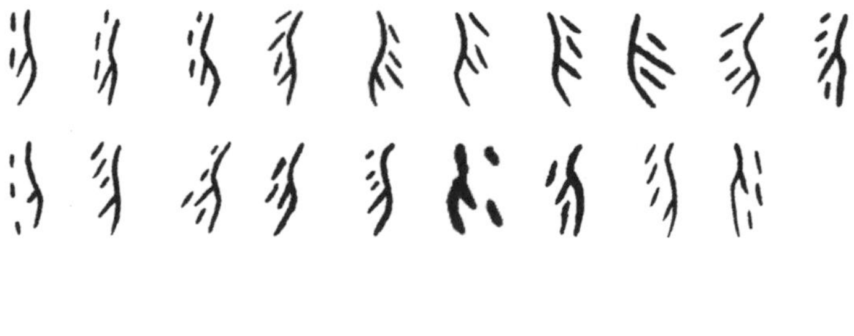

車的黃牛屬於這類。一是喜歡在潮濕的泥巴環境中行動，耕田的犁牛就屬於這一類。的意義是犁頭，是耕田的牛種。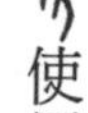使用在牛的種類中就具有犁牛的意義。犁牛這兩個字經常連在一起使用成為一個詞，終於合成而為一個字，既代表犁把，又代表犁牛。後來形的字就消失了。有些學者不相信商代已有牛耕，就說這個字的意義是雜色，因為人使用犁挖土，挖起來的土塊雜有乾草，顏色不純，所以有雜色的意義。後面的介紹足以證明商代已有牛耕的文字。商代知道騎駕，能役使大象工作，不可能不使用牛來拉犁，所以犁的意義是拉犁的牛種。《說文》：「，耕也。从牛，黎聲。」這是依後代的字形所作的分析，不是很正確。

牛的力氣大，走路平穩，而且有耐力，能夠載重致遠，不但是老弱婦孺適用的交通工具，更是軍事上、經濟上依恃的負重運輸工具。所以《風俗通義．佚文》：「建武之初，軍役亟動，牛亦損耗，農業

❷

頗廢，米石萬錢。」說因為軍事行動需要用牛拉車運載軍需物資，以至於荒廢了農田的耕作，使得收穫大減，米糧價格昂貴。所以在戰場上常有捕獲牛車。西周晚期的多友鼎記載與遊牧民族玁狁的戰役，第一次交戰就殺死二百多人，活捉二十三人，戎車一百多乘。再次交戰又殺敵三十六人，活捉二人，車十乘。玁狁是善於騎馬的民族，車子不是作為戰鬥的工具，而是載運補給物資的。《史記．周本紀》也說周武王於克殷後，「放牛於桃山之虛，偃干戈，振兵釋旅，示天下不復用也」。古代如果沒有牛的負重致遠能力，就難有辦法遠征，建立霸業。

但是對於平民大眾而言，牛隻的最大經濟效益是用牠拉犁作深耕。深耕可以縮短田地休耕期，提高農地利用率。牛耕可以加速土地翻整的速度，減少工時。晚商時候的安陽是人口比較集中的城市，應當有相當高的土地利用率，才足以應付眾多人口的食物需求。根據研究，發展較早的古文明，出現依靠牲畜力量拉車和拉犁的時間是相近的，因為它們利用的原理是一樣的。埃及和蘇美爾在五千五百到四千八百年之間，已有構造複雜的牛耕拉犁。商代的馬車，如以其製造的精美程度估計，若說當時的車子已經過一千多年的發展，一點也不稀奇。商代已經用牛拉犁，應不是問題，先秦典籍提及牛車遠較馬車為少，不能因此就認為當時罕用牛拉車。因為牛是載重的工具，不是貴族階級用以遊樂的，這是重點所在。牛車不及馬車的威武以及快速，所以貴族的文學作品就少見到對於牛車的描寫。

古埃及四千四百年前壁畫上的犁耕圖。

豕 ㄕˇ shǐ （豬）

商代祭祀時，也有卜問供奉的豬要使用哪種品類。最常見的是豕字❶，呈現一隻體態肥胖，短腳而尾巴下垂的動物的側視形狀。這是家豬的一般外觀，有時豬的背上還有鬣毛 ，比較近於野豬的樣態。動物的側面形象用簡單的線條畫起來都很相似，在人們經常接觸的家畜裡，牛與羊因為頭上有角，所以就以這種特徵去表達。剩下的豬與犬兩種家畜，就以尾巴下垂的代表豬，以尾巴上翹的代表犬字 。

❶

彘 ㄓˋ zhì

商王祭祀時卜問使用的豬的品類還有彘❶，是一枝箭穿過豬的身體的樣子。筆畫簡省的時候，箭只寫成一直線。這枝箭當然是獵人所射，代表打獵所得到的野生品種。金文提及彘字不多，還保留箭穿過身軀的重點，到了小篆，豬被箭所射穿的形象已不是很清楚，所以就被誤解以為形聲字。《說文》：「，豕也。後蹏廢謂之彘。从彑ㄐㄧˋ、从二匕，矢聲。彘足與鹿足同。」而且說彘是指後蹄壞了的豬。豬的口味和豬的後蹄是否完好沒有關聯。而且也不會有那麼多後蹄壞了的豬可供使用。野獸經過家養以後，體質會慢慢發生變化，吃起來與野生的品種有所不同。人們吃慣了家養的品種，有時也想吃吃野味，並且想像神靈和人一樣，也要享用不同的口味，所以也要卜

❶

問，問明神靈喜歡哪樣的品類。後來人們全力發展農業，難得見到野豬的品種，所以彘字也兼用於指稱家養的豬。《孟子‧梁惠王》：「雞豚狗彘之畜，無失其時，七十者可以食肉矣。」（雞豚狗彘的飼養，如果不錯失時機，七十的人就可以有肉吃了。）這裡所談的一般民眾的食物，彘當然是指稱家養的品種，也不是後蹄壞了的豬。

豖 ㄔㄨˋ chù

家畜是通過長期的圈養方法加以馴服的。不知何時，人們又發現閹割後，動物不受羈絆的野性可以大為減低而容易被馴養。中國最晚在三千多年前的商代，已知道閹割的方法，而且主要是施用於豬，以增快成肉的速度，縮短飼養的時間，減低飼養的成本，大大增加飼養的經濟價值。這種閹割過的豬也常見於卜辭，做為祭祀的牲品。甲骨文的豖字❶，是性器已遭閹割而與身軀分離的動物的形象。這隻動物有時寫起來體態肥胖 ，沒有疑問就是豖豬。體外的一道小小的筆畫是生殖器的形象。甲骨文還有一個字  ，把豬的生殖器也畫出來，這是公豬的形象，是生殖器沒有割掉的品種。這個字後來被形聲字豭所取代。豖字演變到小篆，字形有了訛變，把這一道小短畫加

❶

到軀體上。以至於《說文》解釋：「豖，豕絆足行，豖豖也。从豕繫二足。」說是表現豬的兩隻腳被綁住的樣子。

閹割是養豬業很重要的技術。商代除了保留少數雄豬做為配種的種豬之外，其他雄豬都經過閹割手術。豖是閹割過的豬種，雖然有幾個以之標音的字，如琢、啄等，也兼帶有與鏨(ㄗㄢˋ)擊的閹割動作有關的意義。但不是每個從豖聲的字都有相關的意義。現代豬的閹割大致在出生後二至六個星期施行，商代也許一樣。八千年前甑皮岩的豬都在一歲半左右被宰殺，那應是不經過閹割的情形。現今的豬大致飼養六個月至一年的時間就被宰殺了。商代既然已經使用閹割的方法加速豬的成長，則宰殺的年齡一定會早於甑皮岩的。根據靈寶西坡遺址發掘的兩百多件家豬的年齡結構顯示，大多數的豬在年齡十二至十八個月之間被宰殺。商代大概也差不多如此。

商代的人不但食用野豬，可能也以家豬與野豬交配培育新品種。甲骨文的溷字❷，是一隻或多隻豬被飼養在豬圈或有屋頂的豬舍中的樣子。溷字其中有一形，是一隻中了箭的野豬被關在豬舍中的樣子，表明有要將野豬加以馴化的用意。野豬的身軀雖然比起牛要小得多，但野豬的衝勁大，而且有粗壯尖銳的獠牙，可以對獵人造成嚴重的傷害。但是野豬一旦去了勢，性情就會變得溫和，衝勁也大為減低而不太具有危險性。所以《周易．大畜》有「豶豬之牙，吉」之語。意思是，已遭閹割的野豬，雖然還有尖銳的牙齒，但已難再傷害人，所以是沒有危險的吉兆。

❷

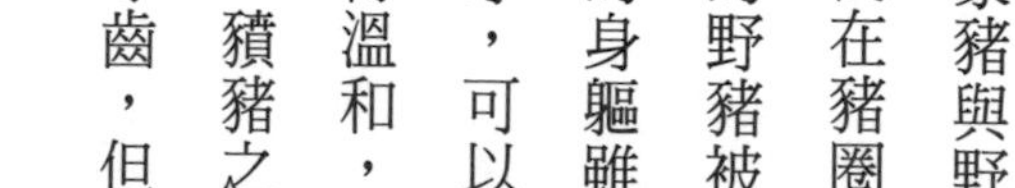

家 ㄐㄧㄚ jiā

甲骨文的家字❶，一個屋子裡養有一隻或多隻豬的樣子。這個字的結構很清楚，所以從金文❷到小篆的字形，基本上結構是不變的。不過《說文》的解釋：「家，居也。从宀，豭省聲。家，古文家。」顯示並不了解這個字的真正創意。家是一般人家的居住場所，與貴族的官舍和祭祀場地的廟堂，要如何用文字加以分別？這不是簡單可以想出來答案的。創造文字的人，發現豬是一般人家才會見到的東西，在廟堂和官舍是見不到的，因此就以這個概念來創造家居的字。

從遺址所發現的動物遺骨的位置看，六千年前的仰韶文化時，豬與牛、馬、羊等同樣對待，也是露天圈養的。前文提到的圈養牛、羊

❶

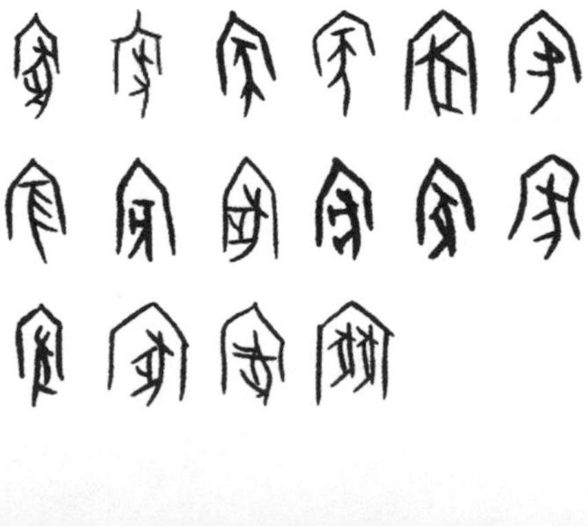

的牢，是有狹窄入口的露天欄柵。馬也是一樣。甲骨文的廏字，是一匹馬被飼養在柵欄裡頭的樣子❸。可是甲骨文的豬卻是在屋簷之下，原來，豬由於調節體溫的性能不完善，最好能飼養在通風良好的乾燥地方，避免過冷過熱的環境。炎夏時候還需要有陰涼的地方可以避免烈陽的直接照曬，以降低體溫。受寒是豬仔病死的最大原因，尤其是豬遭閹割後，體格也跟著衰弱起來，不便再飼養於露天任雨淋霜凍。所以，起碼從商代起，豬已習慣被飼養在有遮蓋的地方。同時，豬與人都是雜食性的，糞便都是很好的有機肥料。人們因此把豬飼養在自己所居住的有屋檐的地方，與廁所為鄰，便利收集肥料。所以意義為廁所的溷字，寫成一隻或兩隻豬飼養在圈牢中或有斜頂屋檐的豬圈的形狀❹。

漢代隨葬的陶豬圈模型，也大多數是有屋檐遮蓋的，牛、羊等的柵欄、圈牢就很少如此。而且飼養的地方也距人們的生活圈稍遠。說

❷

明在造字的時代，豬已習慣性被飼養在有遮蓋的地方，與人們日常的生活非常接近。所以，養豬的建築物是一般人的家居，沒有比這種方式來表達一般的家庭更為適當的了。

山珍海味是富貴人家的盛宴才能享受到的珍食。一般人家頂多是雞鴨魚肉，而且只有在節慶日才享受。人們平日所說的肉食，雖可廣義的泛指所有家畜的品類，但在大多數情況，實質只指豬肉一種而言。其他一度為人們所飼養以供應餐桌的畜牲，因種種原因，逐一從一般人的餐桌上消失。譬如，牛因為有耕田的大用，羊的飼養則與農業發展有衝突，馬是供應軍事及運動需要，犬則個體不大，又成為人們看家的寵物良伴。只有豬的飼養不妨害農業發展，供應餐食的經濟價值一直保持不變，所以豬成為中原以及華南等農業地區主要的供應肉家畜。秦漢時代以後就成為中國人最重要的肉食來源了。

❸

❹

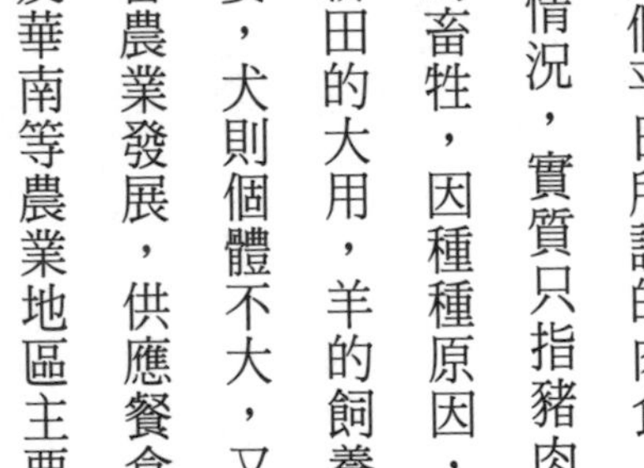

豚 ㄊㄨㄣˊ tún

商代的祭祀，豬的牲品還提到豚字❶，甲骨文是一隻豬與一塊肉的樣子。豚字的意義是小豬，小豬的肉最為細嫩，最為可口。但是在這樣幼小的階段就加以食用，太浪費了。要等到長大了，肉最多，最具經濟效果的時候才宰殺。除非是重要的時機，平時是不會宰殺小豬來吃的。金文的時代，這個字都加上一隻人的手❷，是不是要表達這是最需要細心加以呵護的階段呢？說文：「，小豕也。从古文豕，从又持肉以給祠祀也。凡𧰨ㄊㄨㄣˊ之屬皆从𧰨。，篆文。从肉、豕。」解釋這隻手（又）用於表達要拿肉來祭祀。這表明小豬的肉比較貴重，要祭祀的時候才捨得使用。至於小篆的字形又恢復甲骨文的豕與肉組成的結構，這種情形在文字演化過程中偶有發生。所以要確定

❶

一個字形的早晚，不能單靠文獻的時代，還要參考多樣標準。

在商周時代，祭祀犧牲的品級，豬雖次於牛、羊，但豬肉無疑是全民最普及的肉食品。而且商代供奉豬時有豚、豕、彘、豖等不同名目，想見烹飪取材的時候，也已經有不同的要求。有些取小豬的肉嫩，有些則取壯豬的多肉、多肥油。野豬則取其咬嚼起來有勁。其他的家畜就不見有這種烹飪取材上的分別，因為牠們都不是百姓經常食用，或一般人食用的對象了。《禮記．大學》有：「畜馬乘不察於雞豚」（「騎乘馴養的馬的人（貴族），不知道飼養雞與豬的事情」），這裡的豚不指稱小豬，而是豬的泛稱。戰國時代以來，雞和豬是小民所畜養以謀財利和充當廚房做菜的對象，牛、羊則是為了提供貴族們祭祀的需要而飼養的。

❷

各式隨葬用的鉛綠釉紅陶日用器模型，分別為灶爐、碓磨、豬圈。豬圈也充當廁所，方便收集糞便。最高 16.5 公分，東漢，西元一世紀晚期至三世紀。

馬 ㄇㄚˇ mǎ

甲骨文的馬字❶，一匹長臉，長髦奮發，身軀高大的動物形象。馬的形貌，最大特徵是長臉和長髦，所以戰國時代馬字有時只畫這兩個特徵 。金文的字形❷，已經有很多變化。《說文》：「，怒也，武也。象馬頭髦尾、四足之形。凡馬之屬皆从馬。，古文。，籀文馬，與影同有髦。」解說得很正確，馬字都還保留著長臉、長髦以及四腿奔躍的氣魄。

馬的體型雖有高矮之別，大體上是屬於大型哺乳動物。馬的感覺器官發達，眼睛大而位置高，視野寬闊。記憶力、判斷力都很強，方向感也極正確。加以力氣大而又善於奔跑，是非常有用的牲畜。但是

❶

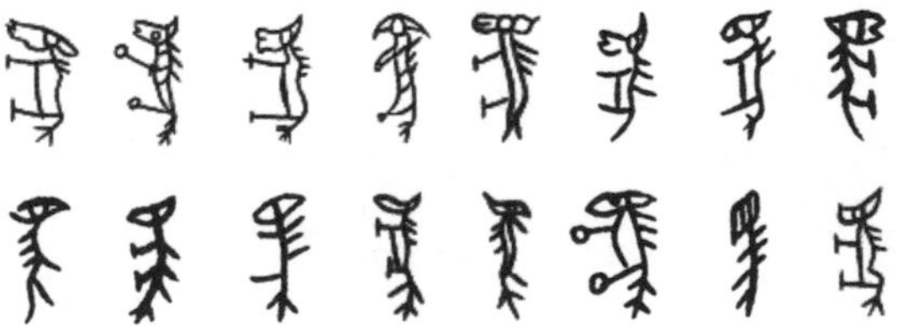

馬的性格不受羈絆，很難加以馴服控制，所以在常見的家畜中，不論中外，馬都是最晚被馴養的。晚期的新石器遺址，豬、牛、羊、犬等家畜的遺骨遠比馬多得多，可見其罕見的程度。中國傳說在四千二百年前的夏禹時代，就已用馬匹取代牛隻來拉車。這個年代與發現馬家養的最早遺址，山東章邱城子崖龍山文化的年代相近。這個傳說可能反映馬之所以很晚被馴養，主要原因是人們要利用馬的力氣拉車，而不是利用馬的皮與肉。

從文獻得知，自商代以來，馬或被做為國與國間盟誓時的犧牲，但是不做為一般的祭祀犧牲。說明馬不是做為食物，而是供應軍事以及貴族田獵的用途。馬不但可以拉車高速奔跑，老馬還能夠認識途徑，所謂「老馬識途」，在荊莽中常能引導人們脫離迷途。進入不熟悉的密林是戰爭中常發生的事，馬既然有這種軍事上的大用途，當然主政者要重視馬的培育。從甲骨卜辭，知道馬是軍隊裡的編制，只是

❷

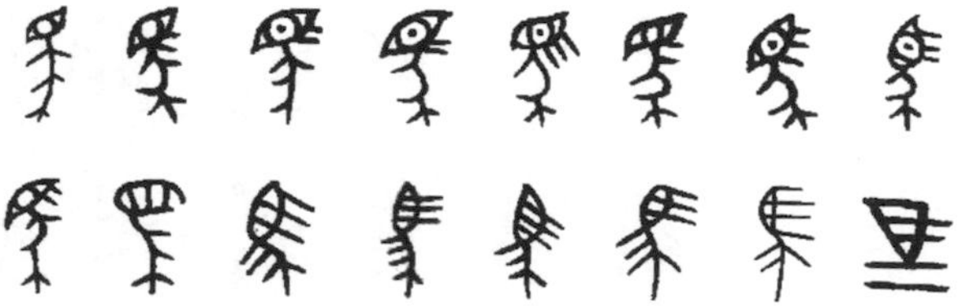

還看不出，到底是利用馬來從事戰鬥，或是利用馬車的高度，做為指揮場所。商代不但中央政府設置有馬官，各方國也有各自的馬官，主管馬的培養、訓練等工作。而方國是否前來進貢馬匹的記載，也多次見於商代的占卜。甲骨文已見十五個以馬為意符的形聲字❸，遠較以其他家畜創意的字來得多。這些字都是個別的馬的名字，大致是商王卜問要使用哪兩匹馬來拉車。這顯示商王喜愛這些馬的程度到了還為每一匹馬取一個名字。沒有疑問，馬是被視為寵物而不只是拉車的畜牲。

商代的道路不及後代修建的多以及平直。而且車箱離地甚高，約有七、八十公分高，重心很不穩。駕駛太快時就容易翻覆，甲骨的刻辭就提到商王武丁發生過兩次翻車的事故。乘坐馬車不是沒有危險的。這種情形到春秋時代似乎還不見改善。《左傳》記載鄭國子產以駕馭馬車比喻為政的道理。說從事過在馬車上射獵、受過訓練的人，才

❸

能習慣車子快速行走時的震動，否則害怕被車子摔下來都來不及了，哪有時間想到要射殺野獸。有些學者因此以為馬車在商代只是用來旅行、傳遞消息、發號施令，不是用來在高速衝刺時，從車上發動攻擊的。

拉曳車子快速奔跑，並不是任何馬匹都可以勝任的。一定要受過長期訓練的精選良種才辦得到。有時甚至還要閹割以穩定馬的性情，消除牠們相互踢嚙，或使性子不肯跑動的不穩定習性。而且，馴養良馬不是一般人的財力所能負擔得起。所以漢武帝時鼓勵養馬，制定政策。馴養一匹馬可以讓三個人不用服兵役。而《漢書．武帝紀》記載一匹雄馬的價錢竟高達二十萬錢。因此，自古以來，馬及馬車一直被有權有勢者所珍愛而成為地位的象徵。

馬與騎士或駕馭者要有相當的默契，尤其是單騎時，才能發揮最大效用。馬還能感覺出騎乘者的心情。如果騎者猶疑不決，心存畏懼，馬就會受到影響，顯得比較不服從。所以，貴族不光只重視馬的訓練與飼養，還得時時與馬親近，或甚至要親自替馬清除身上的汙垢，與馬建立起感情與互動。馬成為貴族的寵物，養馬的心情，完全不同於飼養其他供應餐食或負重的家畜。《史記．滑稽列傳》記載楚莊王有愛馬，用有刺繡的衣物覆蓋，飼養於華麗的屋子裡，設置露天的睡床，用棗脯飼餵，結果馬被養得太肥胖而病死，竟然還要讓群臣來為馬舉行喪禮哀悼，並使用大夫的棺槨禮儀來埋葬愛馬。

西周有訓練大象跳舞的記載，或也有訓練馬匹跳舞的。唐代這種風氣就很流行。唐代史書記載唐玄宗非常喜愛馬舞，御苑裡養有百匹之多。唐玄宗還親自訓練。宰相張說還寫了三首詩〈舞馬千秋萬歲樂府詞〉來讚嘆祝壽的盛況。第二首生動描寫舞馬的表演，「聖皇至德與天齊，天馬來儀自海西。腕足徐行拜兩膝，繁驕不進踏千蹄。髬髵奮鬣時蹲踏，鼓怒驤身忽上躋。更有銜杯終宴曲，垂頭掉尾醉如泥。」描寫馬匹曲膝跪拜，原地踏步，起身踢腳，一如現代的奧林匹克運動會的馬術競賽。更有於曲終時，舞馬用口銜起地上的酒杯來敬酒，然後垂頭垂尾癱軟於地如泥巴的酒醉形態，這些都是有錢有閒的貴族，把馬當做寵物的娛樂。沒有見過這種情景的人，還以為是妖孽呢。安史之亂後，有些舞馬流落到皇宮外，有匹馬聽到音樂聲竟隨節拍起舞，被覺得怪異的人所鞭打，馬還以為是因為跳得不好而被懲罰，就更努力跳舞以致於死亡。

鎏金舞馬銜杯紋
皮囊形銀酒壺，高 18.5 公分，
唐代，西元 618-907 年。

一般說來，騎在馬背上比起坐在馬車上行動更為靈活，可以算是較遲的應用。不少人以《史記·趙世家》記趙武靈王於西元前三〇七年，開始採用胡服騎射，對抗游牧民族的入侵，以為這是中國單騎的開始。其實，浙江餘杭，約四、五千年前良渚文化出土的玉鉞與玉琮，都刻畫有同樣的圖紋，上半為頭戴羽帽的神人像，下半為有大眼睛的野獸的形像，如上圖。頭戴羽帽的神人雙手下按獸首，看似騎著的樣子。騎野獸的圖案在早期社會可能有攜帶靈魂上天的意味。那時應該已有人騎在動物背上的經驗，才有這樣的圖案。

甲骨文有一個字❹，是一個人分開兩隻腳，跨騎在某種動物背上的樣子。文字的演變趨勢，空白的地方要填充無意義的符號，口是其中之一，因此就成了小篆的奇字奇。《說文》：「奇，異也。一曰不耦。从大、从可。」因為分析是根據晚出的字形，當然不能看出奇字與騎馬的技術有關。以商代的情況推論，奇字應該是表現騎在馬的背上。騎馬只能坐在一匹馬上，不像馬車需要使用兩匹馬或四匹馬拉曳，所以騎馬的意義又引申有奇單的意義。為了要與原來的意義有所區別，就在奇的旁邊加上馬的意符而成為騎字了。

鎏金青銅馬，長 76 公分，高 62 公分，陝西茂陵出土，依據中亞的天馬造型。西漢，西元前 206 至 25 年。

❹

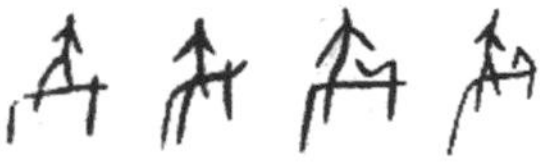

犬 ㄑㄩㄢˇ quǎn

一萬年以來，狗一直是和人們生活最為接近的家畜。經過人們長期培育，狗可以發展某方面的賦性和特長，順應不同的要求和目的，以致於狗的品種在家畜中最為複雜，有專門培育為肉食、打獵、看守、偵察、牧羊、表演、賽跑、嚮導、拉橇、玩賞等等種類。不但體型和外觀懸殊，價值也有天壤之別。

根據考古證據，人類最早馴養的家畜是綿羊，已有一萬一千年的歷史。但以狗的習性推論，牠被馴養的時間應該也很早，甚至不晚於綿羊，或以為早在舊石器的晚期就已經被馴養了。狗的早期名稱是犬，甲骨文的犬字❶，是一條狗的側面形象，犬字與豕字的主要分別

❶

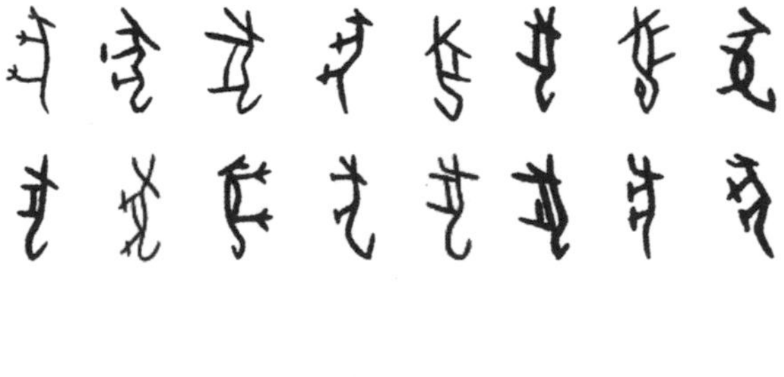

是身材細，尾巴上翹。金文少提及犬，字形不多，還保持很逼真的形象。到了小篆，省去一腳，頭部的形象也有點變化，就比較難辨識了。《說文》：「，狗之有縣蹏者也。象形。孔子曰：視犬之字如畫狗也。凡犬之屬皆从犬。」許慎雖然知道犬是一個象形字，但沒有具體說出各道筆畫所代表的形象。狗的個體不大，生長緩慢，與其他大型的獵物比較，供應肉與皮毛的價值都少得多。犬之所以很早就被馴養，一定有供應肉食以外的特殊條件。否則人們是不會自找麻煩，費心加以飼養和培育，以致於改變了狗的野生狀態。

狗是很能適應環境的動物，而且有強健的下齶、犀利的牙齒、善於奔跑的四腿，加上嗅覺和聽覺都敏銳，適宜追逐、捕獵小型的動物。這些長處對於早期以漁獵採集為生活的人們來說，都是非常有用的。狗肯定是因為有這種協助捕獵的功能，才被獵人們接受。所以才推論狗比適合農業社會的豬更早被人們馴養。豬有八千七百年以上的確實豢養歷史，所以也可以認定，狗在未有農耕以前，至少西元前七、八千年就被豢養了。

狗可能是從野狼馴化而成的。因為牠們獨自捕獵的能力有限，很難與大型的野獸競爭獵食，經常無所捕獲而挨餓，以致於經常徘徊於人類的居處，吃食人們不吃而丟棄的皮、骨、肉等。人們既然習慣了牠們友善的存在，對自己的生活也不造成什麼負擔，於是溫馴的狗就被人們留下。通過互相的合作和選擇，狗終於失去了牠的野性而成為家畜，幫助人們捕獵小型如兔子一類善於躲避與逃跑的動物。犬在被家養以後體態逐漸發生變化，家犬與野狼的主要分別在於尾巴捲起。所以甲骨文犬字的主要特徵就是尾巴上翹，只有少數是身子細長而尾巴下垂者。有別於肥胖的豬的象形字豕。

獸ㄕㄡˋ shòu、臭ㄔㄡˋ chòu

人因為能夠使用工具彌補體能上的不足，使得任何大型、凶猛的野獸都逃不出被人們擒獲的命運。但是野獸可以深藏起來，逃避人們搜索與捕殺的厄運。狗群正好在這方面有所作用。狗有嗅覺上的天賦異能，能夠從野獸遺留的血、汗、尿、糞便等氣味去分辨動物，並加以追蹤、誘發和驅趕，以方便人們捕殺，從而分得人們給予的殘餘獵物。所以甲骨文的獸字❶，用一把打獵用的網子以及一隻犬來表達。兩者都是打獵需要的工具，所以用來表達狩獵的意義。後來才擴充其意義至被捕獵的對象——野獸。獸字的左邊是一把有柄的田網，高度簡化的形象。田網是為了捕捉活野獸的設計，網上的分叉是為了掐住野獸使不能動彈，沒有傷殘破洞的毛皮才能賣得好價錢。後

❶

來字形寫得比較確實，前端的圓圈是為了避免傷害的野獸的裝置，分叉之下也畫出網子來。被網子所籠罩住的野獸就比較難掙扎。金文的字形❷，就延續這個複雜的字形，又在表現田網的直柄下端加上一個可以插在地上的鐓的形象，以致不容易了解整個字的形象。《說文》：「獸，守備者也。一曰，兩足曰禽，四足曰兽。从嘼、从犬。」並沒有說出左邊的嘼與右邊的犬的關係。於嘼字的解釋，「嘼，獸牲也。象頭足厹地之形。古文嘼下从厹。凡嘼之屬皆从嘼。」則誤解為野獸的象形字了。追溯這個字的甲骨文字形，才可以了解到嘼原來是一把捕獵用的網子的形象。後來這個字的引申意義野獸變成更為常用，獸字的意義就改用形聲字的狩了。

甲骨文臭字❸，其本義即後來的嗅字，使用犬字與自字❹的組合表意。自是人的鼻子的形象，鼻子是職司嗅覺的器官，反映人們完全了解在所有知悉的動物群中，犬的嗅覺最為敏銳，所以選取牠以表達

❷

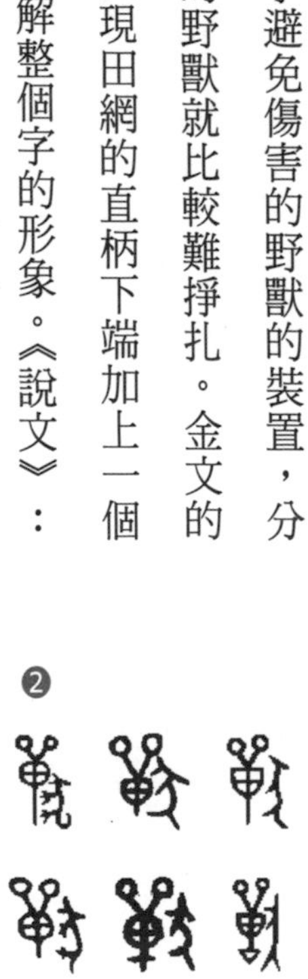

❸

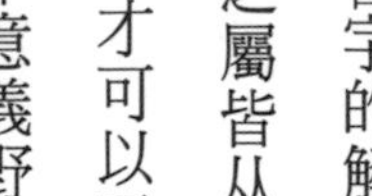

❹

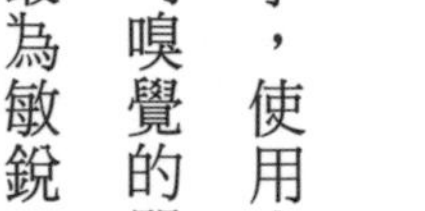

辨別味道的嗅覺感官。臭的本義是兼有人們喜好及厭惡的味道，後來被習慣用於表示令人不愉快的味道，就另外加以口的意符而成為嗅字，以與臭字區別。

器 ㄑㄧˋ qì

犬的敏銳嗅覺不限於探查野獸，對於偵察敵蹤也能起很大的作用，所以很快就被貴族利用於軍事的偵查和追捕逃犯。商代的中央和方國都設置有犬官，除了報告野獸出沒的情況以供打獵參考之外，也隨行參加出征的軍事行動。尤其是在夜晚，可以替代人們偵察意外的侵犯徵兆。

金文首見器字❶，一犬與四個口組合的結構。《說文》：「器，皿也。象器之口，犬所以守之。」解釋為狗看守著很多器物的樣子。這個解釋雖然可以接受，但尚不能很貼切的表達狗難以取代的功能。看守財富是很多人都能勝任的工作，但是狗的嗅覺是人們萬萬比不上

❶

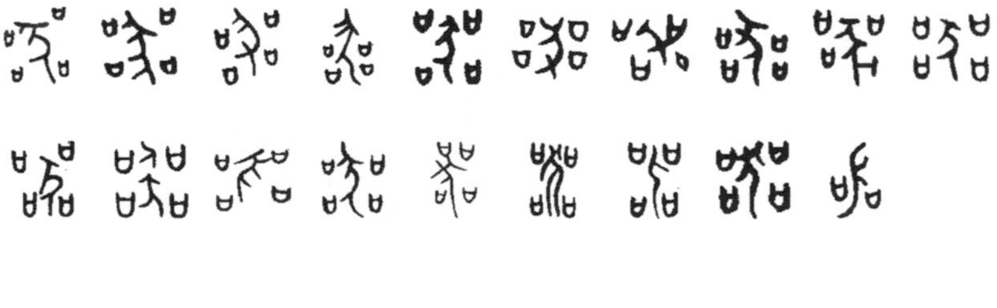

的。狗原先就是因為有利於狩獵，而被獵人接受。當農業漸漸發展，捕獵漸漸不成為生活的要事時，狗的敏銳嗅覺也對農民有了新的用途，轉為看守門戶。狗有很好的德性，牠勇敢、堅毅，有耐力，忠誠和殷勤，聰明而機警，能掌握主人許多細微的動作和聲音的命令，甚至能判斷主人的喜惡。所以人們用狗來看守門戶，尤其是夜晚人們需要休息時，當狗遠遠嗅聞到有陌生來者侵犯，便以連續的吠聲通知主人。所以器字裡頭的四個口，比較可能是以連續的吠聲，有如四張嘴巴一起吠叫，以通知主人，而不是默默的看守在器物的旁邊。狗就是因為能驅逐可能不受歡迎的人物，以致被人們用以奚落勢利的小人，依仗權勢而欺負窮苦者。

商代習慣在大型建築物的奠基儀式中，將狗埋葬於大門旁的地下，這就是以狗去看守門戶的具體表現。又可能因為狗也是人們的玩伴和寵物，商代大多數的墓葬，都埋葬一隻狗在人體腰部下的坑洞中，或是埋在填土或二層臺上，以便永久陪伴著主人於地下。比起殉葬的近臣、武士、奴僕更為接近主人。這種習俗在周代慢慢消失，大概西周中葉以後就不見以狗殉葬的做法了。

狗雖然不是因為可以供應人們的食物而被馴養，但有必要的時候，人們也不會忽略狗在這一方面的可能用途。《孟子．梁惠王》說到理想的王政，要一切順利時，七十歲的長者才能有肉吃。肉食既然如此的短缺，當然就要盡量利用可能的資源。所以有「飛鳥盡，良弓藏。狡兔死，走狗烹」的俗語。在商代，狗是次於牛、羊、豬的祭祀牲品，到漢初還經常是一般人的供肉家畜。狗在祭祀上的重要性，可能因為體型較小的原故，所以位階被排在牛、羊、豬之後。

魏晉以後，中國絕大部分的地區逐漸捨棄吃狗肉的習慣。主要原因雖不容易猜測，但不外幾點：一是一般人在節慶、祭祀時才能吃到肉，因為狗不是祭祀的重要牲品，所以吃到狗的機會就較少。二是狗已成為人們忠實的陪伴，建立了深厚的感情，人們不忍殺害自己飼養的忠誠寵物。再加上古代的市場少，狗生長的速度不快，還要餵飼有用的食物，成本比起放任到處啄食的雞、鴨，以及快速成長的豬等都要高昂，所以飼養狗來販賣的意願自然就比較低。如果既不屠宰寵物，市場也少販賣，自然漸漸不習慣吃狗肉了。

伏 ㄈㄨˊ fú

甲骨文尚不見伏字，金文也只有見到一次，做一隻狗趴伏在一個人的下半部的樣子，這是狗經常有的樣態，趴伏在主人的腳下。後來的文字演變趨向是字形結構四四方方的，所以小篆的字形，犬的位置移到和人等高，就失去創字時趴伏的味道了。《說文》：「，司也。从人、犬。犬，司人也。」段玉裁的《注》：「犬司人，謂犬伺人而吠之。說此字之會意也。」正確說明犬擅長以叫聲通知主人的創意要點。所以我們推論器字的創意，以狗連續吠叫才有器用的解釋比較傳神。

後記

《字字有來頭》的第一冊〈動物篇〉，介紹有關野生動物與家畜的一些文字，它們大都是象形字，描述動物形象的外觀，或飼養的概況。早期的文字，圖畫性質很高，幾千年來動物的形象也沒有什麼變化，因此很容易辨識文字所表達的形象與意涵。

第二冊是〈戰爭與刑罰篇〉，有關的文字，少數是兵器的形象，雖也是象形字，但因為現今已不使用那些器具，有時不了解古代的器物時，也不能夠一眼就認出那些器物。而有關這一主題的文字大都是表意字，乃借用一件事物的使用狀況，產生的效果，或使用的時機等等來表達一個抽象的意義。如果對於古代的生活不了解，就很難理解這些字的創意。如果了解了一個字的創意，也連帶了解了古人生活的某些細節，所以古文字是探討古代社會的重要媒介，並能反映一些沒有記載在書本上的瑣碎事。我出版過一本《中國古代社會》（台灣商務印書館，2013），第十七章戰爭章節的內容是本篇撰寫的主要依據，但本篇將介紹更多相關的字群，討論更多的範圍。

第二冊探討的內容大致分為三個部分，第一是實戰與儀仗使用的武器與防身裝備，第二是軍隊的編制、組織與訓練，第三是戰爭的掠奪與對待罪犯的刑罰。戰爭是人類文明得以提升的一個重要因素。戰爭促進武器的改良，從而影響工具的改善，提高生產力，改變社會的面貌。軍事的管理也促進對於人員控制的嚴密，因而能夠建立有龐大政府組織的中央統制王權。戰爭不但是古代國家最重要的事務，也關係到每一個人的日常生活，所以創造了很多相關的表意文字，透過這些與戰爭有關的字，可以幫助我們掌握更多古代社會的細節。

字字有來頭：文字學家的殷墟筆記 ,01 動物篇 / 許進雄著 .
-- 初版 .-- 新北市 :
字畝文化創意 , 2017.03
面； 公分
ISBN 978-986-93693-9-8(平裝)
1. 漢字 2. 中國文字
805.18 105017621

Learning003

字字有來頭 文字學家的殷墟筆記 01動物篇

作者 許進雄

字畝文化創意有限公司
社長 馮季眉
責任編輯 吳令葳
編輯 戴鈺娟、陳心方、巫佳蓮
封面設計及繪圖 三人制創
美術設計及排版 張簡至真

讀書共和國出版集團
社長 郭重興
發行人兼出版總監 曾大福
業務平臺總經理 李雪麗
業務平臺副總經理 李復民
實體通路協理 林詩富
網路暨海外通路協理 張鑫峰
特販通路協理 陳綺瑩
印務協理 江域平
印務主任 李孟儒

出版 字畝文化創意有限公司
發行 遠足文化事業股份有限公司
地址 231 新北市新店區民權路 108-2 號 9 樓
電話 (02)2218-1417
傳真 (02)8667-1065
電子信箱 service@bookrep.com.tw
網址 www.bookrep.com.tw

法律顧問 華洋法律事務所 蘇文生律師
印製 通南彩色印刷有限公司

2017 年 3 月 15 日初版一刷 2022 年 8 月初版九刷 定價：350 元
ISBN 978-986-93693-9-8 書號：XBLN0003